Les parfums du château

DU MÊME AUTEUR

Le Choix du déclin,
Éditions F.-X. de Guibert, 2006

L'Affaire Vanneste,
Éditions F.-X. de Guibert, 2008

12 mesures pour 2012,
Éditions F.-X. de Guibert, 2010

La Répression pour tous,
Éditions F.-X. de Guibert, 2013

Les Municipales de 2014,
Éditions F.-X. de Guibert, 2014

Échapper à la mort de la France,
Éditions F.-X. de Guibert, 2015

Le Manifeste de la dernière chance,
Éditions TerraMare, 2016

101, boulevard de la République
92210 Saint-Cloud
France

www.editions-terramare.com

François Billot de Lochner

Les parfums du château

roman

Terra Mare Éditions

Je remercie du fond du cœur
Clotilde et Corinne,
Florence et Ségolène,
Grégoire et Stanislas,
pour leurs si précieux conseils.

Avertissement

Ce récit décrit, de façon condensée, de nombreux faits réels, ou proches de la façon dont ils se sont déroulés. Il s'agit cependant d'un roman.

L'unité de temps et de lieu que l'on y trouve ne correspond pas à la réalité.

Il est donc inutile de rechercher vainement des correspondances entre tel ou tel personnage du livre, et telle ou telle personne ayant une existence bien réelle.

La jeunesse est un état d'esprit.
L'héroïsme aussi.

Ce livre entend rendre hommage à cette jeunesse héroïque qui, à contre-courant de l'évolution du monde, et bien que soumise à la formidable pression de forces contraires, mène de façon discrète mais lumineuse une vie tournée vers la recherche quotidienne du Beau, du Bien, du Vrai, fondée sur la pureté du corps, du cœur et de l'âme.

Il existe, partout en France, des Clotilde qui sont le reflet de Clotilde Marillac, dont l'histoire est contée dans cet ouvrage. Trop souvent ignorées ou ostracisées, méprisées et peut-être haïes par beaucoup, mais entourées et confortées par des jeunes gens admirables, elles sont la flamme ardente de notre siècle décadent, et seront naturellement au cœur du redressement futur de notre société déclinante.

Cette jeunesse d'exception ringardise, sans le vouloir, cette vieillesse de tous âges, de toutes générations, qui avance à marche forcée, parce que tel est le sens décrété de l'histoire, vers un esclavage sexuel revendiqué, qui meurtrit puis achève la personne, transformée en animal au mieux, en simple objet au pire.

Ce livre est une sorte d'ode à cette vraie jeunesse, dont les détracteurs disent qu'elle vit dans son monde, alors qu'elle vit dans le monde réel, devenu inaccessible à tous ceux qui s'acharnent vainement à construire un monde idéalisé qui ne pourra durer, tant il est inhumain.

Préambule

Joël remontait tranquillement la rue du Maréchal Foch. Le soleil du matin éclairait de façon crue les façades des immeubles tournés vers l'est, et la chaleur de cette belle journée de printemps s'accumulait déjà sur les trottoirs que pas un arbre n'ombrageait.

Joël s'engagea bientôt dans la rue du Maréchal de Lattre de Tassigny, et aperçut au loin le collège Saint-Jean de Béthune, dont la chapelle joliment restaurée émergeait des bâtiments compacts. À l'angle de l'avenue Debasseux, il marqua une courte pause pour admirer l'alignement, à perte de vue, des deux remarquables rangées d'arbres qu'encadraient les très belles maisons en meulière de cette rue.

Il reprit sa marche, et s'approcha du collège. Des élèves en sortaient à flot continu, dans un joyeux brouhaha. Il crut apercevoir Clotilde, mais la masse des élèves était si compacte qu'il n'était pas sûr que ce soit elle. En approchant du feu piétonnier situé devant une porte de sortie de l'établissement, il la reconnut : c'était bien elle. Clotilde, de l'autre côté de la rue, attendait que le feu passe au vert pour traverser. À ses côtés se tenaient son petit frère et sa petite sœur, qu'elle était sans doute venue chercher.

Joël s'arrêta au niveau du passage piéton, et appela son amie, qui releva la tête et l'aperçut. Son visage s'illumina de son sourire radieux, ses mains se joignirent autour de sa bouche pour faire un porte-voix, et elle cria d'une voix nette :

— Quelle surprise, que fais-tu là ?

Joël lui répondit qu'il allait retrouver un ami au Paquito, un café branché situé à quelques pas de là. Ce bar était l'endroit de prédilection de tous les élèves désireux de « prendre un pot ».

C'est à ce moment précis que le feu piétonnier passa au vert. Clotilde, tout en demandant à Joël de l'attendre un instant, s'engagea sur le passage piéton, et se trouva très rapidement au milieu de la chaussée.

La suite des événements se déroula en quelques secondes. Joël mit un certain temps à réaliser qu'il se passait quelque chose qu'il ne comprenait pas. Il remarqua que plusieurs élèves, en train de traverser en amont de la rue, hors du passage piétonnier emprunté par son amie, reculaient précipitamment et remontaient sur le trottoir.

Surgit alors, dans un bruit de tonnerre et à très grande vitesse, une moto puissante, pilotée par un motard tout de noir vêtu. En même temps, au milieu de la route, Clotilde tendait ses bras vers Joël, pour lui exprimer son plaisir de le retrouver là.

Joël hurla, comme le firent le frère et la sœur de la jeune fille. Celle-ci, tournant la tête, vit enfin le bolide se diriger droit sur elle, et poussa un grand cri.

1

Clotilde pédalait à vive allure dans la contre-allée du boulevard de la Reine. Elle aimait particulièrement se promener à bicyclette tout au long de ces douces soirées de printemps, si propices à la méditation joyeuse. Elle déboucha sur le boulevard du Roi, seul moment désagréable de ses randonnées, tant le fleuve de voitures, s'écoulant entre la place de la Loi et le château, était dense et bruyant.

Elle marqua une pause, appuya sur le bouton lui permettant de commander l'arrêt des véhicules et le passage des piétons, remonta en selle et se dirigea vers la grille du château, la fameuse grille de la Reine, jouxtant le Trianon Palace, incontournable lieu de rendez-vous de tant de familles ou de groupes d'amis de la région.

Elle approchait de la petite guérite à l'intérieur de laquelle était installé Miguel, le gardien chargé de laisser passer les voitures, moyennant redevance. À sept heures du soir, et parce que c'était un vendredi, la route était vide.

Miguel aperçut au loin Clotilde et sortit du petit bâtiment. Il prit un air menaçant, et fit semblant de l'empêcher de passer. Au moment où la cycliste le croisa, il leva les bras au ciel en disant :

— Bonjour, mon ange gardien, tu es mon ange gardien, et tu vas mettre du bonheur dans ma soirée.

Clotilde, l'ayant déjà dépassé, se retourna tout en continuant à pédaler, et lui répondit :

— Il est toujours aussi fou, ce Miguel ! Un jour, je te ferai enfermer, pour cause de folie printanière !

Ils éclatèrent de rire tous les deux en même temps, se firent de grands signes de la main, et se perdirent de vue lorsque Clotilde emprunta le virage qui la conduisait vers le Grand Trianon.

Lorsqu'elle arriva à l'intersection des routes menant à la porte Saint-Antoine sur sa droite, au Grand Trianon en face d'elle, et au Grand Canal sur sa gauche, Clotilde décida, comme elle le faisait habituellement, de rejoindre la pièce d'eau.

Qu'elle aimait cette longue allée ombragée, laissant entrevoir, sur le côté gauche, des parties du château surgissant soudain entre les arbres, tandis que le parc se déployait devant elle dans toute sa splendeur ! Lorsqu'elle déboucha sur le bord du Grand Canal, elle s'arrêta le long des barques et contempla longuement l'admirable tableau qui s'offrait à ses yeux : le château en majesté, orangé par le soleil couchant, les jardins descendant par paliers jusqu'au bassin d'Apollon, le petit port abritant de jolies barques en bois alignées côte à côte, le canal reflétant les couleurs rouges et bleues du soleil et du ciel, et, partout, des arbres centenaires servant d'écrin à cet ensemble d'une surprenante beauté. Quelques promeneurs isolés accentuaient encore le charme et le calme de ce lieu magique.

Après avoir contemplé durant un long moment ce paysage qu'elle aimait tant, Clotilde reprit sa bicyclette et commença à faire le tour du canal. Lorsqu'elle déboucha sur son aile nord, que surplombe le Trianon, elle remarqua une sorte d'échafaudage bizarre, posé à proximité de la pièce d'eau. En s'en rapprochant, elle se rendit compte qu'il s'agissait d'un amas de poutres en acier, bizarrement tordues, dont elle n'arrivait pas à percevoir l'utilité. Arrivée à proximité de cette ferraille, elle posa sa bicyclette et tenta de comprendre. Elle vit alors, à même le sol, une imposante plaque de cuivre, sur laquelle était expliqué que ce qu'elle voyait était une œuvre d'art. Elle recula, réexamina la pièce, et se souvint soudain de la polémique qui avait éclaté au sujet d'« œuvres d'art » installées très récemment sur la place d'Armes et dans le parc du château. Était notamment visé un tas de fer et de béton de centaines de tonnes, élégamment dénommé « Le vagin de la Reine ».

Clotilde fit un tour circulaire sur elle-même. Elle contempla longuement le canal, le Trianon rosi par le soleil couchant, les arbres majestueux apportant leur touche naturelle à ce merveilleux ensemble. Puis son regard se fixa sur ce tas de ferraille qui, d'une certaine façon, violait par sa présence l'harmonie de ces lieux. Elle marcha résolument vers la plaque posée au pied de « l'œuvre » et, malgré le poids de celle-ci, la souleva jusqu'au niveau de ses épaules, s'approcha du canal et la jeta dans l'eau. Il monta vers le ciel une superbe gerbe d'écume.

Deux hommes s'approchèrent de la jeune fille, interloqués et un brin menaçants, qui l'interpellèrent :

— Que faites-vous ? Vous savez bien qu'il est interdit de jeter des objets dans le canal ! Et qu'avez-vous jeté ?

Clotilde éclata de rire :

— Vous n'y êtes pas, Messieurs, vous n'y êtes pas du tout ! Le château accueille les artistes d'art contemporain, et je suis artiste d'art contemporain ! Je viens de réaliser une très belle œuvre d'art éphémère et vais donc l'appeler, voyons, voyons, disons : “Mousse magique éphémère”. Ça vous plaît, Messieurs ?

S'adressant aux quelques promeneurs ahuris qui s'étaient arrêtés à leur tour et ne comprenaient ni l'œuvre, ni le discours, elle ajouta, en esquissant une légère révérence :

— Mesdames et Messieurs, je vous remercie pour votre attention.

Clotilde remonta sur sa bicyclette et continua sa promenade comme si de rien n'était, en chantonnant. À l'extrémité ouest du canal, elle s'arrêta à nouveau, pour admirer la pièce d'eau dans son entier, surplombée par le château, dont les fenêtres reflétaient le soleil couchant, et qui était dominé, sur son côté gauche, par la majestueuse chapelle royale. Pouvoir contempler de telles choses gonflait le cœur de Clotilde d'un grand bonheur.

Pourquoi décida-t-elle de quitter le parc par la pièce d'eau des Suisses, ce qu'elle ne faisait jamais, elle ne le sut pas. Remontant vers la place d'Armes en longeant l'aile sud du château, Clotilde déboucha sur son entrée principale, surplombant l'avenue de Paris. De ce côté du bâtiment, l'or brillait de tous ses éclats, sur la façade du château comme sur les grilles. Clotilde, une nouvelle fois, trouva tout cela trop doré, trop clinquant, s'assimilant davantage à une décoration Disney qu'à celle d'un château royal multiséculaire. Ainsi en avait pourtant décidé le conservateur du musée, hélas. Soudain, Clotilde découvrit deux immenses poutres en acier, en position oblique, d'un style identique à celles qui avaient été posées au pied du Trianon, et qui encadraient la majestueuse statue équestre de Louis XIV. Elle regretta aussitôt qu'il n'y ait pas un bassin dans lequel elle aurait pu jeter une plaque en cuivre très certainement présente au pied de ce nouvel amas de ferraille.

En s'approchant de la statue équestre, elle aperçut un groupe d'une centaine de personnes, s'agitant et criant, et entourant ce qui semblait être un petit groupe de rock. Clotilde s'avança et s'immobilisa, interdite par le spectacle qui s'offrait à elle.

Au pied d'une petite estrade, quelques dizaines de garçons et filles entrechoquaient en rythme des canettes de bière, et ponctuaient leurs saccades de « Allez, Jo Ferraille ! » ou de « Super, Jo Ferraille ! ».

Sur l'estrade, un grand gaillard, les cheveux blond filasse, rasé de trois ou quatre jours, affublé d'un tee-shirt rouge sur lequel était écrit « Moi Jo », attifé d'un pantalon difforme tombant sur ses hanches. À sa droite, un jeune batteur, devant s'appeler Ali puisque Clotilde entendait fuser des « Vas-y, Ali ». À sa gauche, un guitariste sautillant sur ses pieds : sur son front tombait une frange immense, empêchant pratiquement que l'on voie son visage.

Au moment où Clotilde arrivait près du groupe, le grand escogriffe blond, qui était manifestement le chanteur de la formation, commença à brailler :

— Je chante sous la ferraille… et je suis donc…

— Boum boum boum, rythma le batteur.

— Jo…

— Boum boum boum, reprit le batteur, pendant que les spectateurs criaient de leur voix avinée :

— Ferraille !

Jo reprit la parole :

— Chantez avec moi : Jo…

Il tendit son micro vers les spectateurs qui hurlèrent :

— Ferraille !

Pendant plusieurs minutes, sur un rythme de batterie endiablé, Clotilde eut le privilège de subir l'intéressant dialogue entre Jo et ses spectateurs, lui criant : « Jo » et les spectateurs criant à leur tour : « Ferraille ! » Le sommet fut atteint quand Jo commença à se hisser sur les poutres métalliques, en se tordant dans tous les sens, en tapant avec son micro sur les poutres métalliques, et en criant en rythme :

— La ferraille – Jo Ferraille – la ferraille – Jo Ferraille.

Devant un tel spectacle, Clotilde était comme paralysée. Son regard se porta sur les spectateurs. Il s'agissait de jeunes d'une vingtaine d'années, dont elle connaissait certains, et dont le comportement lui semblait assez grotesque. Comme tout à l'heure, lorsqu'elle était de l'autre côté du château, dans le parc, elle fit un tour complet sur elle-même, en s'extrayant complètement de ce groupe lamentable. Elle put contempler la façade du château, les écuries illuminées par le rougeoiement du coucher du soleil, la mairie en arrière-plan, l'église Notre-Dame au fond de la rue Hoche. Son regard tomba à nouveau sur le groupe de jeunes gens, au pied de cette belle statue du fondateur du château, elle-même encadrée de bouts de ferraille, car tel avait été le choix royal et non négociable des décideurs-ferrailleurs qui avaient la haute main sur la direction artistique du château et de son parc.

Perdue dans ses pensées, et s'interrogeant sur le spectacle inattendu qui s'était offert à elle, Clotilde pédala doucement vers le quartier des Prés, afin de retrouver sa maison familiale.

Alors qu'elle s'approchait de l'église Notre-Dame, ses yeux furent attirés par un kiosque à journaux, sur lequel étaient placardées des affiches de grande dimension, à caractère manifestement pornographique, et dont la taille avait sans doute pour objectif de les rendre visibles de loin.

Clotilde freina, et s'arrêta devant le kiosque. Les affiches en question faisaient la promotion d'un film d'une évidente perversité, semblant destiné à un public de jeunes enfants. Le regard de la jeune fille se brouilla. Ainsi, la déferlante pornographique la rattrapait au pied d'une église. Elle pensa instantanément à sa famille, à ses amis, à tous les enfants, à tous les hommes et à toutes les femmes touchés par ce tsunami mondial qui ravageait méthodiquement la planète tout entière. Elle baissa la tête et fixa le sol, comme pétrifiée. Une première larme coula le long de sa joue.

2

Le lendemain soir, Clotilde était dans sa chambre, en train de répondre aux mails qui s'étaient accumulés en quarante-huit heures. Elle avait pris la décision, depuis un certain temps, de ne devenir sous aucun prétexte soumise aux moyens de communication modernes qui, prétendant développer la relation entre les individus, avaient en réalité transformé ces derniers en quasi-esclaves de la relation immédiate et superficielle. Ainsi, lorsqu'elle était avec des amis, et que l'un d'eux se précipitait sur son portable qui sonnait, elle lançait systématiquement à la cantonade, avec son plus charmant sourire : « Le portable siffle, le chien accourt. » Effet assuré : immanquablement, le groupe tout entier tombait à bras raccourcis sur la malheureuse : « C'est nul de dire ça, nulle la Clo, on n'est plus au Moyen Âge, faudrait te mettre à la page, t'es antisociale, faudrait pouvoir évoluer, Madame... » et autres fariboles. Face à cette déferlante systématique, Clotilde regardait le plafond en souriant d'un air énigmatique et se murait dans un silence total, afin de laisser la tempête s'apaiser. Généralement, la conclusion de l'affaire était donnée par l'un ou l'autre, qui, d'une voix timide, osait un « En fait, elle a peut-être raison… ».

Clotilde lisait tous les messages reçus. Aïe, elle était invitée à un dîner à 20 heures à Paris : désolée, cher ami, il est déjà 20h15… Des publicités, des newsletters en veux-tu-en-voilà, des nouvelles sans intérêt. Tiens, une proposition de faire un tennis lundi soir : avec plaisir, ma chère Alix ! Demande d'une amie étudiante de lui transférer les cours d'économie de la semaine passée : et voilà, Christine ! Conférence à l'Université inter-âge, mercredi prochain : bien sûr, j'irai, car le sujet abordé (la crise de l'enseignement) est tellement important !

Elle fut brutalement interrompue dans son travail par l'irruption bruyante, dans sa chambre, de sa petite sœur Claire, poursuivie par Baudoin.

— Ça suffit, les gamins, vous voyez bien que je travaille ! dit la grande sœur d'un air sévère.

À 10 et 12 ans, vous commencez à être grands, vous n'êtes plus des bébés, quand même !

Les deux enfants firent en un clin d'œil le tour de la chambre, et repartirent en courant après avoir claqué la porte. Clotilde se leva d'un bond, se précipita dans le couloir et leur dit de loin :

— Eh, les crétins, la prochaine fois que vous recommencez, je vous donne une bonne fessée !

Les gamins étaient déjà au bout du couloir, et descendaient l'escalier en riant et criant :

— Allez Cloclo, rattrape-nous si tu peux, vas-y Cloclo, on rigole !

Clotilde haussa les épaules, se réinstalla devant son ordinateur et se replongea dans la lecture de ses mails jusqu'au dîner.

Au moment même où retentit le traditionnel « À table » crié par sa mère du bas de l'escalier, son téléphone portable se mit à sonner. Elle répondit à cet appel, et rejoignit donc la table familiale avec quelques minutes de retard. En arrivant dans la salle à manger, le repas du soir avait déjà commencé.

— Désolée, les parents, mais j'étais au téléphone.

— Ah bon, dit son frère Alban, je croyais qu'il ne fallait pas être esclave de son portable !

Son père esquissa un sourire, et murmura à voix intelligible :

— Et pan dans le pif, à la bataille navale, ça s'appelle touché-coulé !

Il y avait autour de la table les deux parents de Clotilde, Alban, Baudouin et Claire.

— Où sont Marie et Clémence ? demanda Clotilde.

— Elles sont parties au cinéma "voir un film" avec des amis du lycée, répondit sèchement sa mère.

— Je vois que ma petite maman est un peu énervée, dit Clotilde en la regardant gentiment.

— Eh oui, soupira sa mère, rien ne m'énerve plus que l'expression "on va voir un film", qui ne veut rien dire. J'aimerais savoir quel film voient mes filles. Si tu me demandes ce que je lis en ce moment, je ne vais pas te répondre : je lis un livre, mais je vais te dire : je lis tel livre. Quand les enfants vont au cinéma pour "voir un film", il y a neuf chances sur dix qu'ils voient un navet ou une horreur, car il faut se lever de bonne heure, aujourd'hui, pour voir un bon film...

— Le critique, le pessimiste, le tristounet, le moralisateur, normalement, c'est moi, ma chérie, tu inverses les rôles ! dit son mari d'un air espiègle. Merci de jouer le mien, plutôt bien d'ailleurs, et en fait je suis totalement d'accord avec toi !

Clotilde regarda successivement ses parents, ses frères et sa sœur. Elle aimait par-dessus tout ce genre de discussions, libres, authentiques, sereines. Elle éprouva soudain envers ses parents une très profonde reconnaissance d'avoir su créer un climat familial si chaleureux, si simple, si aimant, dans lequel chacun avait sa place, toute sa place, mais seulement sa place.

Le père de Clotilde était un bel homme, d'une cinquantaine d'années, et dont la vive intelligence faisait l'unanimité, dont la sienne, ce que lui reprochait souvent son épouse, qui l'appelait souvent Monsieur Sait-Tout. Son activité professionnelle débordante, en tant que dirigeant d'une importante compagnie informatique, ne l'empêchait pas de s'investir autant qu'il le pouvait dans la vie politique : il était notamment le conseiller bénévole d'un ministre qu'il alimentait à jet continu de notes, réflexions, analyses et autres synthèses, permettant à celui-ci de bénéficier d'un éclairage qui aurait pu être utile à ses prises de positions et de décisions, mais dont il n'avait cure.

La mère de Clotilde, grande, fine, les cheveux d'un blond or, était d'une indiscutable beauté, doublée d'une distinction qui faisait l'admiration de tous ceux, et ils étaient nombreux, qui l'approchaient. Toute dévouée à sa famille, elle était cependant très investie dans des activités caritatives, et se consacrait sans compter à la petite enfance et aux personnes âgées. Elle avait l'art incomparable de créer de la joie dans son environnement, quel qu'il soit.

— Au fait, Alban, à quelle heure est ta soirée, et à quelle heure se termine-t-elle ? demanda le père de famille.

— Il faudrait que j'y sois vers 21 heures 30, mais ne vous inquiétez pas, j'y vais avec des amis. Ça se terminera comme d'hab' vers 1 heure du mat', alors si quelqu'un veut bien venir me chercher...

— Ne vous inquiétez pas, dit Clotilde, j'irai le chercher, mais donnez-moi bien l'adresse, pour que je ne tourne pas dans Versailles pendant une heure pour rien !

— C'est facile, dit la mère, la soirée a lieu rue Magenta, dans la très grande maison qui est juste à côté de celle de tante Mitou.

— Parfait, cela me fera conduire, enchaîna Clotilde. Alban, si tu peux être du côté de l'entrée à une heure pile, pour que je n'aie pas à te chercher partout !

— Entendu, dit Alban, qui se leva, remit à peu près droite sa cravate, enfila sa veste, salua tout le monde à la cantonade et partit en courant en prononçant la phrase rituelle :

— Je fonce, je suis en retard.

Il ajouta :

— Au fait, si c'est Clotilde qui conduit, je plains la bagnole.

Il sortit en claquant la porte.

3

Vers une heure du matin, Clotilde se garait à proximité d'une grande et belle maison, dont les fenêtres imposantes laissaient passer des flashs lumineux multicolores, ainsi qu'un puissant volume de décibels, propice à troubler le sommeil de tout le voisinage. Elle pénétra dans la bâtisse, se présenta à un homme chargé de refouler les intrus, et, comme elle s'y attendait, ne trouva pas son frère dans l'entrée. Entourée de jeunes gens en tenue de soirée, qui ne cessaient d'aller et venir en riant, criant et chantant, elle pénétra dans le grand salon, dans lequel se déhanchaient de nombreux invités. Elle remarqua que tous les danseurs étaient tournés vers un endroit de la pièce qu'elle discernait mal, et qu'ils tapaient en rythme dans leurs mains, tout en sautillant. Clotilde se tourna vers l'endroit en question, et ne put s'empêcher de pousser un cri de surprise. Entre la cheminée et une fenêtre d'angle, officiaient Jo Ferraille, le batteur Ali et le guitariste fou, qui animaient donc cette soirée. Alban, bien entendu, était au premier rang des fans de ce groupe de rock.

La musique s'arrêta soudain, et Jo Ferraille annonça d'une voix suave qu'il était plus d'une heure du matin, et que la soirée était donc terminée. Un hurlement sauvage accueillit cette annonce, et les danseurs commencèrent à crier :

— Jo Ferraille, encore ! Jo Ferraille, encore !

Constatant que de nombreux parents étaient arrivés depuis quelques minutes et attendaient leurs enfants dans le hall d'entrée, le maître de maison ralluma la lumière pour signifier que la soirée était vraiment finie. Voyant que son frère entamait une discussion avec le chanteur, Clotilde s'approcha de l'orchestre, et l'appela. Celui-ci, se retournant, aperçut sa sœur et tapa sur l'épaule de Jo en disant :

— Tiens, voilà ma chauffeuse ! Viens, Clotilde, je vais te présenter aux musiciens !

La jeune fille tendit la main au chanteur, en accompagnant son geste d'un sourire désarmant. Jo lui dit d'un ton monocorde :

— Bonjour, Madame la chauffeuse.

Le sourire de Clotilde illumina son visage :

— Nous sommes de vieilles connaissances, appelez-moi plutôt Clotilde.

— Nous nous connaissons vraiment ? dit Jo.

— Oui, depuis une éternité... en fait depuis hier soir, où je vous ai vu place d'Armes, répliqua Clotilde, en éclatant d'un rire joyeux.

— Et vous avez aimé ?

— Si j'ai aimé ? Si j'ai aimé ?

À nouveau, son sourire se fit radieux, et elle répondit :

— Mais j'ai trouvé ça nul, complètement nul, mochissime, archinullissime !

Jo ne broncha pas, se tourna vers le batteur et le guitariste, et dit d'un air sinistre :

— La chauffeuse a trouvé ça nul et archinul.

Ali, le batteur, se mit à battre sur un rythme lent, en répétant indéfiniment :

— Ali-nul-archi-nul-Ali-nul-archi-nul.

Ne sachant plus où se mettre, Alban serra le bras de sa sœur et murmura à l'oreille de Jo :

— T'inquiète pas, mon gars, ma sœur est hypercritique, faut pas l'écouter.

Il s'aperçut que le chanteur fixait intensément Clotilde, d'un air interrogateur.

Un long silence s'installa, puis il dit :

— Vous savez, c'est la première fois que quelqu'un critique ce que nous faisons. J'aimerais bien en discuter un jour avec vous, pour que vous m'expliquiez.

— Il est normal qu'on ne vous critique jamais, puisque personne ne s'intéresse à vous, répondit-elle d'un air espiègle. Eh bien, si vous voulez que l'on parle de tout cela, promenons-nous demain après-midi dans le parc du château, et nous en discuterons ! Parler de bruitage musical en marchant dans le parc, quoi de mieux !

Ali se leva d'un bond :

— Chef, chef, pas possible, chef, répèt' demain à 14 plombes, chef, promenade d'amour impossible.

— Merci Ali, dit Clotilde, mais nous pouvons nous promener après la répétition de bruitage ! Où est-elle, cette répétition ?

Jo lui indiqua que l'orchestre répétait boulevard de la Reine, dans une très grande cave d'immeuble prêtée par des amis.

— Parfait, dit Clotilde, je passerai vers 16 heures et nous irons ensuite prendre l'air dans le parc pour nous débruiter la cervelle...

Elle salua de la main les trois musiciens, entraîna son frère dont la mine était renfrognée, salua poliment le maître de maison, et sortit.

À peine entré dans la voiture, Alban explosa :

— T'es dingue de dire des bêtises à un chanteur comme Jo. La soirée a été géniale, il a été excellent, tu n'as pas le droit de dire qu'il est nul.

Clotilde lui tapota le bras et lui dit gentiment :

— Je ne sais pas s'il a été nul ce soir mais je sais qu'il a été archinul hier : j'y étais, et je t'assure que c'était nul ! Demain, nous allons en parler, et nous verrons bien ! Tu peux venir avec nous, mais tu risques de souffrir le martyre !

— Pas question que je vienne, rétorqua Alban, je sais ce que tu vas lui dire, et ça va me rendre furax ! T'es vraiment bornée, tu sais !

Clotilde éclata de rire, et appliqua une claque vigoureuse sur la nuque de son frère. Puis elle démarra, accéléra vigoureusement et prit la direction de leur maison.

4

Le boulevard de la Reine était encombré de familles se dirigeant vers la grille du même nom, voulant profiter pleinement de cette belle journée de printemps, chaude et ensoleillée. Se mêlant à la foule des promeneurs, Clotilde se dirigea vers l'immeuble que lui avait indiqué Jo Ferraille. Elle s'arrêta bientôt devant un petit bâtiment moderne, sans grand caractère, mais encadré par deux charmants hôtels particuliers. Telle était l'architecture versaillaise, mélange détonant de styles différents, jalonnant trois siècles d'histoire, qui donnaient à la ville une sorte d'absence d'unité, contrairement à ce qu'avait su faire avec bonheur sa grande voisine, notamment dans les beaux arrondissements haussmanniens de la capitale.

Clotilde poussa la banale porte en verre de l'entrée de l'immeuble, et aperçut un escalier descendant vers le sous-sol, à côté duquel était indiqué : Caves – Poubelles. « Ça commence bien ! », pensa-t-elle instantanément. Tout en descendant quatre à quatre l'escalier qui s'offrait à elle, elle se laissa guider par le bruit que faisait l'orchestre. C'est ainsi qu'elle pénétra sans encombre dans la salle de répétition.

Elle se retrouva dans un grand espace. Au fond se dressait une petite estrade, sur laquelle se démenaient le chanteur, son batteur et son guitariste. À la vue de Clotilde, Jo Ferraille fit un signe à ses deux comparses, qui s'arrêtèrent de jouer.

« Tambour », dit-il à Ali, qui se mit donc à battre à la manière d'une fête foraine. Sur ce rythme, le chanteur enchaîna :

— Mesdames et Messieurs les spectateurs, nous sommes heureux d'accueillir Clotilde Lachauffeuse, que nous allons régaler de chansons inédites !

Sans dire un mot, celle-ci s'assit sur une improbable chaise en plastique, et le groupe commença à jouer une chanson dans le style des années 70, sorte de parodie des Beatles. Jo se déhanchait en cadence, en sautant de gauche et de droite ; Ali tapait avec application sur ses différents tambours, en abaissant et en relevant sa tête à rythme régulier ; Luc, le guitariste, bougeait la tête de telle façon que sa frange lui caressait le visage, jusqu'à ce que, tout d'un coup, au moyen d'un coup de tête désordonné, elle passe soudain en arrière de son front.

Clotilde, quant à elle, prenait son mal en patience. Elle subissait tout ce qu'elle détestait : le bruit et la fureur, ponctués de paroles stupides et incompréhensibles, sur une musique sans résonance musicale. Lorsque Jo ahanait un anglais approximatif, auquel elle ne comprenait pas un mot, cela « passait mieux » : les paroles semblaient plus riches et plus intelligentes. En revanche, lorsque le texte était chanté en français, la pauvreté du langage brillait de tous ses éclats. Ali, de son côté, martelait consciencieusement ses tambours, comme sait si bien le faire un planteur de clous : même rythme, même bruit. Luc, quant à lui, plaquait de façon répétitive trois ou quatre accords qui semblaient constituer l'alpha et l'oméga de sa science musicale.

Clotilde se demandait ce qu'elle pourrait dire à Jo au cours de la promenade, tant il lui semblait difficile de valoriser un tel spectacle. Profitant d'un court instant de silence, elle se leva, se dirigea vers l'estrade et demanda ingénument si la répétition allait s'achever. Jo réfléchit un instant, consulta du regard Luc et Ali, et répondit :

— Ça va pour aujourd'hui, les gars, nous serons prêts pour la soirée de la semaine prochaine.

Clotilde fixait du regard le batteur, qui semblait fasciné par ce qu'il observait. Elle remarqua qu'Ali avait les yeux rivés sur un petit tabouret collé contre ses genoux. Elle monta sur l'estrade, et constata qu'un iPhone était posé sur le siège. En s'en approchant, elle n'eut pas besoin de regarder de près ce que visionnait Ali : il s'agissait à l'évidence, de ce qu'elle pouvait discerner, d'images à caractère pornographique. Elle vit Luc s'approcher à son tour du tabouret et s'absorber intensément dans la vidéo diffusée par le petit appareil. Elle avança jusqu'à se trouver contre le tabouret, et demanda aux deux garçons ce qui les intéressait à ce point. Luc bafouilla des mots incompréhensibles, et acheva sa phrase :

— On n'est quand même pas des gamins, on est grands, nous, Madame Lachauffeuse, on peut quand même s'amuser un peu, non ? Faut se décoincer, Madame !

Clotilde fut envahie par une immense tristesse :

— Tu trouves ça amusant, Luc, de lorgner toutes ces femmes, de les massacrer ? Ça t'amuse vraiment, de me massacrer ?

Luc leva la tête, et regarda la jeune fille d'un air ébahi :

— De quoi tu parles, c'est quoi ton massacre ? J'y comprends rien, à son massacre, ajouta-t-il en se tournant vers ses camarades.

Clotilde s'approcha de lui, le regarda droit dans les yeux, et lui dit :

— Ne me dis pas que tu ne comprends pas. Tu sais très bien ce que je veux dire. Suppose que ce soit une fille de ta famille qui fasse ce genre de sport. Dans ce cas, tu serais content de regarder de tels films ?

Luc tournait la tête de gauche à droite et de droite à gauche, espérant échapper au regard de la jeune fille, fixé sur lui. Clotilde insista :

— Et si c'était ta mère qui jouait dans ce film, tu serais d'accord ? Tiens, d'ailleurs, montre-moi l'écran, oui, je la reconnais, c'est elle, fabuleux !

Luc explosa :

— T'es dingue, ou quoi ? Qu'est-ce que tu vas chercher ? Tu dis n'importe quoi !

Clotilde s'approcha de lui jusqu'à le toucher. Elle ne souriait plus. Son regard était fixe et dur. Elle lui dit qu'il avait sûrement raison, et donna soudain un grand coup de genou dans le tabouret qui était entre eux. Le téléphone portable qui s'y trouvait ricocha sur l'estrade, rebondit contre le mur, et, par un hasard surprenant, s'introduisit dans une fente du plancher et tomba sous la scène. Ali et Luc se précipitèrent, s'allongèrent sur le sol, passèrent leurs bras dans l'interstice et, à l'aveugle, tentèrent sans succès de récupérer le portable. Jo éclata de rire et, positionnant ses mains en forme de porte-voix, leur cria :

— Mesdames et Messieurs Vidéo, pas facile de faire ça sous une estrade ! Ça va quand même ?

À son tour, il s'allongea par terre pour tenter d'atteindre l'appareil. En dépit de leurs efforts désespérés, aucun des trois musiciens n'arriva à mettre la main sur l'iPhone. Quand ils se relevèrent, ils cherchèrent des yeux Clotilde : elle avait disparu. Ali maugréa :

— Jo, elle est complètement foldingue, ta copine ! Il faut qu'elle se soigne, mais elle est incurable, à mon avis. Une bonne piquouse, et hop, fini la copine !

Jo fit trois pas vers Ali, rouge de colère, l'air menaçant :

— Ne dis plus jamais ça, ou je te casse la gueule.

L'attitude de Jo était tellement violente qu'Ali comprit qu'il était préférable de faire marche arrière. Il s'installa à sa batterie, et commença à battre doucement, sur des paroles improvisées :

— C'est l'amour, chef, chef, c'est l'amour, chef, chef.

Luc reprit la parole :

— Et comment je fais, moi, pour mon iPhone ?

Jo prit un air encore plus menaçant :

— Tu démontes l'estrade, puis tu démolis les murs, puis tu écroules l'immeuble, et tu trouveras sûrement ton portable quelque part. Mais la prochaine fois, ton porno, tu te le gardes pour toi, OK, pas de ça en répétition, OK ?

Jo accompagna la fin de sa phrase d'un grand coup de pied dans le tabouret, qui alla s'écraser contre le mur dans un bruit de tonnerre en se brisant en plusieurs morceaux, et partit en claquant la porte.

5

Jo voulait absolument rattraper Clotilde. Il monta l'escalier au pas de charge, rejoignit le boulevard de la Reine, et fila en courant vers la grille du parc. Avec un peu de chance, la jeune fille aurait décidé de se promener seule et il pourrait alors la rejoindre. Il commença à courir en slalomant entre les groupes familiaux, si compacts à cette heure de la journée. Il croisa des familles nombreuses qui, à pied ou à bicyclette, se bousculaient vers la grille dans un amical brouhaha. De loin, Jo aperçut Clotilde, en grande discussion avec un jeune ménage, autour duquel attendaient plusieurs jeunes enfants. Il s'approcha des jeunes gens, s'immobilisa lorsqu'il fut près d'eux, et attendit, ne sachant que faire.

C'est alors qu'arriva de loin, juchée sur une vieille bicyclette rouillée trop grande pour elle, une petite fille pédalant de toutes ses forces.

— Coucou, tante Cloclo, cria la petite fille,

qui ne vit pas que le trottoir se transformait en marche.

Sa chute fut d'une grande violence. Clotilde et sa cousine, qui était la mère de la petite Axelle, se précipitèrent et relevèrent l'enfant.

— Mais qu'est-ce que tu fais, ma petite Axelle, dit Clotilde, qui releva l'enfant, la prenant dans ses bras, et lui nettoyant, avec son mouchoir, le front et les mains qui saignaient abondamment.

— Je voulais te dire bonjour, j'ai mal, ça brûle !

Clotilde serra sa nièce dans ses bras, avec tendresse et délicatesse.

— Tiens, Axelle, je t'ai rapporté ton beau vélo.

Clotilde se retourna : Jo tenait par le guidon le vélo rouillé.

— Qui est ce charmant jeune homme ? demanda la cousine de Clotilde.

— Pardonnez-moi, répondit celle-ci, je n'ai pas fait les présentations d'usage. Gonzague et Mathilde, je vous présente Jo Ferraille, musicien et chanteur, une vieille connaissance puisque nous nous connaissons depuis 48 heures ! Jo, je vous présente Gonzague et Mathilde, mes cousins de cœur, et leurs quatre enfants, dont l'aînée, la grande Axelle, s'entraîne tous les dimanches pour le Tour de France. Cousin, cousine et marmaille, je dois vous quitter, car je dois me promener avec Monsieur Jo Ferraille, pour lui dire des tas de choses importantes qui vont illuminer sa soirée !

En prononçant sa dernière phrase, Clotilde éclata de son rire communicatif, embrassa ses cousins, neveux et nièces, et repartit gaillardement vers le parc, en compagnie de son musicien.

Gonzague et Mathilde se regardèrent d'un air dubitatif, et Mathilde murmura :

— Je ne sais pas où elle l'a dégoté, celui-là, mais à voir comme ça, il n'a pas l'air d'un premier de classe…

Gonzague lui répondit du tac au tac :

— Moi, je lui ai trouvé très bonne mine, et je crois que dans un an, nous assisterons à une belle déclaration du genre : Clotilde Marillac, voulez-vous prendre pour époux Jo Ferraille ? Tu verras, ce sera beau, car il me plaît, ce garçon !

Sur ces bonnes paroles, et en étouffant leurs rires, Gonzague, Mathilde et leurs enfants se dirigèrent nonchalamment vers la grille du parc.

De leur côté, Clotilde et Jo approchaient de la guérite du gardien. Lorsque celui-ci les vit, il sortit et cria d'une voix assurée :

— Bonjour, mon ange gardien, comment va-t-elle aujourd'hui ?

Clotilde lui répondit :

— Je vais bien, mais arrête tes bêtises, sinon je t'envoie mon garde du corps qui va te défoncer ton ravissant petit nez, car il est jaloux de tous les beaux gardiens du parc !

Miguel prit d'abord un air contrit, puis fit un immense sourire aux deux jeunes gens et rentra dans sa guérite en fredonnant un air à la mode.

À l'entrée du parc, un nombre impressionnant d'enfants, consacrant leurs après-midis au scoutisme, attendaient tranquillement que leurs parents viennent les chercher. Clotilde reconnut beaucoup d'amis parmi les responsables, ainsi que des cousins et cousines dans les différentes troupes. Il en résulta que, lorsqu'elle longea les différents groupes, fusèrent de nombreux « hello », « salut la plus belle », « coucou la Clo » ou « bonjour toi ! ».

Jo lui demanda d'un air maussade :

— Existe-t-il une seule personne sur la planète qui ne te connaisse pas ?

Clotilde lui demanda pardon, lui expliqua que sa famille était versaillaise depuis très longtemps et que donc, très logiquement, elle connaissait beaucoup de monde. Elle ajouta :

— Mais au fait, Jo, que je vais tutoyer puisque tu me tutoies, je m'aperçois que je ne connais ni ton nom exact, ni l'endroit où tu habites.

Jo répondit avec un sourire narquois :

— Nom : Ferray. Prénom : Joël. Adresse : 19, impasse des Gendarmes.

Clotilde marqua son étonnement :

— Alors, Ferraille, c'était une invention ? C'était donc un jeu de mots entre ton nom et les poutres en fer sous lesquelles tu te déhanchais l'autre jour ?

— Eh oui, répondit-il, c'est bien ça, et ça a plu, ajouta Joël.

— Moi, ça ne m'a pas plu du tout ! Si j'étais une méchante fille, je dirais : la ferraille, allez, du balai, droit aux encombrants, pauvre Jo, heu pardon, Joël, allez hop, à la poubelle ! Bon, comme je suis gentille, je ne dirai rien !

Tout en parlant ainsi, Clotilde regardait Joël avec son sourire angélique, si désarmant qu'il se tut.

Ils arrivèrent au petit port, illuminé par un soleil éblouissant. Des barques, chargées de familles, évoluaient sur le canal, en suivant des trajectoires sinueuses révélant l'amateurisme des rameurs. Clotilde s'imprégnait de la beauté magique de ces lieux, alors que Joël, l'air absent, se murait dans un silence inquiétant. Elle lui pinça le bras et lui dit, en recommençant à marcher :

— Alors, qu'est-ce qu'il me raconte, le ferrailleur ?

Elle enchaîna aussitôt :

— Au fait, tu ne m'as pas encore parlé de tes deux musiciens de génie ?

Joël se lança :

— Ali, le batteur, ne s'appelle pas du tout Ali. Son idole est un batteur noir, qui s'appelle Ali Barsou : c'est pour ça qu'il veut que nous l'appelions Ali. En fait, il s'appelle Louis de Fouquet, il est en terminale à Hoche, et ne pense qu'à taper sur ses tambours. Quant à Luc, il s'appelle Luc Grignon, est inscrit en droit à Saint-Quentin, mais n'a jamais dû y mettre les pieds. À mon avis, il ne sait même pas comment y aller, à sa fac !

Clotilde demanda alors :

— Vous avez l'air de vous entendre très bien, tous les trois ! Vous vous voyez souvent ? Vous répétez souvent ?

Elle n'attendit pas la réponse, et continua d'un seul trait :

— Et c'est important, de regarder des trucs pornos pendant votre répétition ? Ça vous stimule ? Ça vous fait du bien ? Votre musique en devient meilleure, plus belle ? C'est chouette, la vie !

Joël se mordit les lèvres. Depuis le début de la promenade, il était sûr qu'elle aborderait ce sujet, mais il n'avait pas envie d'en parler. Il s'énerva :

— Écoute, on ne va quand même pas parler de ça aujourd'hui, pendant la balade !

— Tu es bizarre, mon bonhomme ! répondit Clotilde. Je passe te prendre à une répétition de musique, là tu m'obliges à subir vos turpitudes, et la Cloclo doit se taire, ne pas parler, souffrir en silence !

La voix de Joël monta d'un cran :

— Tu n'étais pas obligée de venir, alors laisse-nous faire ce que nous avons envie de faire. Nous sommes libres, nous sommes de grands garçons, et il n'y a pas de quoi piquer une crise de nerfs parce que nous regardons des films qui ne conviennent pas à Madame, mais qui nous plaisent, à nous.

Insensiblement, Clotilde accéléra son pas, marqua un long silence, et dit :

— Tu crois vraiment qu'on est libre de regarder des cochonneries ? Tu crois vraiment que nous sommes libres de faire le mal ? Tu sais très bien, au fond de toi-même, que regarder des horreurs, ça n'est pas un bien. Si ça n'est pas un bien, c'est donc un mal ! D'ailleurs, si ça n'était pas un mal, pourquoi n'en parlerions-nous pas en famille, ou avec des amis : "Vous savez, j'ai vu hier un film porno génial, je vous le conseille ! D'ailleurs, c'est tellement chouette que je vais y aller en famille, avec ma grand-mère." Ou : "Tenez, regardez tel site sur le web : c'est du vrai porno, c'est super, il faut le voir !"

Le pas de Clotilde s'accélérait encore :

— Allons, Joël, si nous n'en parlons pas, c'est

que nous savons que ce n'est pas un bien, mais que c'est un mal ! Regarde tous ces enfants autour de toi : ça ne te fait rien de savoir qu'ils ont déjà été atteints par le déferlement pornographique, ou qu'ils le seront très bientôt s'ils ne l'ont pas encore été ? Est-ce que tu te rends compte qu'un jeune de moins de 10 ans, quand il regarde pour la première fois un film pornographique, subit une agression équivalente à un viol ? Tu le sais, ça ? Tu vois, je crois que cette exhibition dégradante de ce qu'il y a de plus intime chez la personne constitue la plus grande révolution depuis le début de l'humanité, car chacun porte dans sa poche l'instrument de son esclavage. Dans les révolutions du passé, on était mis à mort ou torturé ou enfermé par des gens qui vous pourchassaient et vous ôtaient la liberté ou la vie. Aujourd'hui, chacun se rend esclave consentant de son aliénation, de sa prison, de sa mort sentimentale en s'abîmant au moyen de son ordinateur ou de son portable. Le tsunami pornographique, Joël, c'est une vraie guerre mondiale. À chaque fois que j'y pense, je me sens atteinte au plus profond de moi-même, je me sens...

Clotilde ne put terminer sa phrase. Sa voix se brisa, et elle se mit à sangloter. Son visage, ravagé par une indescriptible tristesse, fut bientôt inondé de larmes. Un silence pesant s'établit, ponctué de sanglots qu'elle ne maîtrisait pas.

— Pardonne-moi, Joël, je suis ridicule, mais quand je pense à tous ces enfants marqués par ce fléau, pardonne-moi, mais ce sujet me touche tellement profondément, et me...

Sa voix s'étrangla à nouveau, et elle ne put continuer.

Joël était plongé dans un abîme de perplexité. C'était la première fois de sa vie qu'il entendait de telles choses, et se demandait s'il n'aurait pas été heureux qu'on lui en parle bien plus tôt. Clotilde avait-elle raison, ou était-elle en train de délirer ? Cette histoire de viol des enfants, l'inventait-elle ? Il se souvint d'une discussion récente avec ses amis musiciens, au cours de laquelle ils avaient reconnu qu'ils ne pouvaient passer une journée sans regarder des scènes X dégradantes, après recherches sur le web des sites pornographiques les plus aguichants. Finalement, c'était cela, leur liberté ? Pour Clotilde, ils étaient en fait esclaves sans le savoir, en recherche de la laideur et de la perversité.

Joël pensa aussi à son petit frère de 12 ans, dont il savait pertinemment qu'il regardait souvent, sur ordinateur ou sur téléphone portable, des images ou des films infects. Clotilde avait peut-être raison : où était la liberté du jeune garçon ? N'y avait-il pas, comme elle le disait si bien, un terrible esclavage ? Il se posa la question pour lui-même : n'était-il pas l'esclave de cette déferlante pornographique tristement décrite par la jeune fille ?

Les deux jeunes gens atteignirent la branche du canal qui mène au Trianon. Ils virent soudain foncer sur eux la petite Axelle, juchée sur sa bicyclette rouillée. Elle avait coupé par une allée transversale, et revenait vers ses parents en remontant à contre-courant le flot des promeneurs.

— Coucou tante Clo, cria-t-elle en freinant bruyamment à hauteur des deux jeunes gens. Tu pleures, tu es triste, tu as mal ? dit l'enfant en voyant le visage de sa tante inondé de larmes.

Clotilde ne répondit rien, mais tapota affectueusement la joue de l'enfant, qui repartit à vive allure et cria, lorsqu'elle approcha de ses parents :

— Clotilde pleure, le méchant monsieur lui a tapé dessus !

— Qu'est-ce-que tu racontes ? dit Gonzague.

Axelle cria :

— Oui, le méchant monsieur, il lui a arraché la langue, parce que Clotilde ne pouvait plus parler, et c'est pour ça que c'est vrai !

— As-tu vu du sang couler partout ? questionna le père.

Axelle répliqua :

— Comme elle fermait la bouche, je n'ai pas vu du sang, mais elle en avait sûrement plein la bouche.

Son père lui caressa les cheveux et lui dit :

— Ne t'inquiète pas, les langues, ça repousse. On les arrache, ça fait mal, et hop, ça repousse ! Bientôt, Clotilde pourra reparler.

— Génial, dit Axelle, qui repartit aussitôt sur sa vieille bicyclette rouillée.

À ce moment-là, le troisième enfant de la famille, un adorable petit brun de quatre ans, marmonna dans son coin :

— Il est méchant, le monsieur, il a arraché la

langue de Clotilde. Moi, je vais lui casser toutes ses dents.

— Eh bien, dit la maman, ça chauffe fort, aujourd'hui !

La famille se remit en marche et continua sa promenade autour du canal.

Clotilde avait retrouvé son calme. La beauté majestueuse du parc du château, illuminé par un soleil aux couleurs estivales, la remettait peu à peu d'aplomb. Par-dessus tout, la jeune fille était sensible à ce qu'elle appelait « les parfums du château », cette sorte d'atmosphère de couleurs et d'odeurs merveilleuses qui la transportaient à chaque fois qu'elle s'y promenait.

Voulant cerner davantage Joël, elle lui posa de nombreuses questions. Le garçon était l'aîné d'une famille de trois enfants, avait, comme Clotilde, 22 ans, et avait arrêté ses études depuis deux ans pour se consacrer exclusivement à son groupe. Il en était résulté une brouille avec ses parents. Il continuait cependant à habiter chez eux, mais entretenait désormais avec eux des rapports extrêmement tendus. Ses amis étaient essentiellement des anciens élèves du lycée Hoche, au sein duquel il avait suivi toute sa scolarité. Il connaissait aussi quelques élèves du lycée Saint-Jean, et c'est la raison pour laquelle on lui demandait parfois d'animer les soirées du samedi.

— Au fait, ajouta-t-il, tu ne m'as toujours pas dit ce que tu pensais de ma prestation de vendredi !

Clotilde fut sauvée par le scoutisme : une cousine, cheftaine de guides, pédalant à la tête de sa patrouille, se dirigeait vers la sortie du parc. En croisant Clotilde, elle cria un bref :

— Stop, les filles, une seconde, please !

Et le petit groupe s'arrêta net devant les deux jeunes gens.

— Alors, ma belle, bonne sortie ? demanda Clotilde.

La cousine hocha affirmativement la tête, et enchaîna :

— Il faut que je me dépêche, car nous avons une messe de patrouille à Sainte-Jeanne d'Arc. Si ça te tente, rejoins-moi après la messe, car je dois discuter avec le curé de plein de beaux projets pour cet été !

Elle n'attendit pas la réponse, enfourcha sa bicyclette, lança un retentissant :

— On y va, les filles, la poisse, on est en retard !

Le petit groupe disparut bientôt de la vue des deux jeunes gens. Joël se hasarda à dire :

— Dis donc, elle est hypercanon, la cousine cheftaine !

— Oui, tu as raison, elle est vraiment jolie, dit Clotilde. Une grande et belle brune comme ça, si bien fichue, avec des yeux bleus de feu et un sourire tellement ravageur : il y a de quoi faire tourner la tête à 2 500 ferrailleurs d'un seul coup, au moins !

Elle ajouta aussitôt :

— Pas besoin d'aller chercher sur le web ! Si tu veux rencontrer des filles supercanon, tu n'as qu'à faire du scoutisme ! Joël chef scout, pourquoi pas, je suis sûre que tu serais parfait !

Tout en disant cela, elle fixait Joël avec son sourire redevenu angélique : sa tristesse de tout à l'heure était bel et bien surmontée.

— Au fait, ajouta-t-elle d'un air espiègle, tu as fait du scoutisme dans ta jeunesse ?

Joël hocha pensivement la tête :

— Ça n'est pas vraiment le genre de la famille. Mes parents sont vaguement cathos, j'ai été baptisé, mais ça s'arrête là.

Après un court silence, Clotilde reprit :

— Il va falloir que je t'apprenne à t'habiller, à te coiffer, à te raser, à utiliser intelligemment ton téléphone portable et ton ordinateur, à faire de la vraie musique, à être chef scout ! Dis donc, le ferrailleur, tu n'es décidément pas un cadeau !

Clotilde fixait Joël avec ses yeux rieurs, qu'accompagnait son charmant sourire. Joël baissa la tête, d'une façon telle que la jeune fille crut qu'elle l'avait vexé. En fait, il réfléchissait et se disait qu'il vivait depuis quelques jours des choses inédites.

Ayant fait demi-tour, et se dirigeant désormais vers la sortie du parc, Joël regarda Clotilde avec une attention extrême. Il réalisa soudain qu'elle aussi était ravissante. Ses lourds cheveux blonds, tombant sur ses épaules, encadraient son visage régulier. Ses yeux presque verts éclairaient fréquemment son sourire de façon fulgurante. Sa taille élancée, la simplicité élégante de sa tenue et son attitude naturelle soulignaient la beauté qui émanait de sa personne. Joël s'en voulut de ne pas avoir remarqué plus tôt tout cela. Confusément, il s'en donna l'explication : ses amies filles étaient si différentes !

Arrivés à la grille, ils échangèrent leurs numéros de portable, s'embrassèrent amicalement et repartirent vers leurs domiciles respectifs.

Clotilde organisait dans sa tête toute sa semaine, si chargée en activités diverses. Joël, lui, revisitait ces deux derniers jours inattendus, qui lui parurent, après réflexion, tout à fait incompréhensibles.

6

– Quelle poisse, maugréait Clotilde, je suis complètement en retard, et en plus, ça me saoule d'aller chez lui !

Dans l'après-midi, elle avait reçu un sms de Joël, proposant de passer le chercher chez lui, pour aller ensuite prendre un pot avec ses amis musiciens qui voulaient s'excuser de l'incident de la répétition de dimanche. Clotilde était débordée, cette proposition ne l'arrangeait pas du tout, mais elle voulait savoir ce que Louis et Luc avaient dans leurs petites caboches de musiciens déjantés.

Elle traversa rapidement l'avenue de Saint-Cloud, au niveau de la place d'Armes, rejoignit l'avenue de Paris en admirant le château qui se dessinait sur un ciel rougeoyant, longea le majestueux Hôtel de Ville, autrefois propriété des Orléans, et pénétra impasse des Gendarmes. Très vite, elle arriva devant l'immeuble de Joël, construction banale des années 80, comme l'on en trouve tant dans Versailles. Elle appuya sur l'interphone, dut attendre un long moment, et entendit enfin un désagréable :

— Oui ?

Clotilde expliqua qu'elle venait chercher Joël.

— Troisième étage gauche, dit la voix impersonnelle, qui débloqua la fermeture de la porte.

Clotilde monta à pied à l'étage indiqué, se dirigea vers la porte gauche, et sonna. Elle attendit à nouveau un long moment, puis vit la porte s'entrebâiller. Apparut alors le visage d'une femme au regard dur, qui, sans saluer la visiteuse, dit d'un ton glacial :

— C'est pour quoi ?

En prononçant cette phrase, elle recula, et plissa les yeux d'étonnement. Manifestement, quelque chose lui échappait. Clotilde avança de deux pas et dit très simplement, son visage arborant son habituel sourire :

— Bonjour, Madame, je m'appelle Clotilde Marillac, je suis une amie de Joël, et je passe le prendre pour que nous allions rencontrer ses amis musiciens.

La porte s'ouvrit d'un coup. Le visage de la

mère de Joël exprimait une stupéfaction non feinte.

— Vous êtes une amie de Joël ? demanda-t-elle.

Le ton de sa voix traduisait une totale incrédulité. Clotilde répondit simplement :

— Oui, Madame, j'ai cet honneur !

Elle ne comprenait pas la situation. Elle percevait le malaise de son interlocutrice, mais n'en trouvait pas l'explication. Au bout de quelques instants, la mère de Joël fit deux pas vers elle, lui tendit la main, la serra chaleureusement, et lui dit :

— Bonjour Mademoiselle, pardonnez-moi de vous avoir si mal reçue, mais j'ai si peu confiance dans les amis de mon fils… Je vous en prie, entrez, Joël va sûrement arriver.

La porte s'ouvrit en grand. Clotilde pénétra dans l'appartement, et suivit la mère de Joël dans le salon.

— Asseyez-vous là, je vais chercher un jus d'orange et nous allons discuter un peu en attendant Joël, dit la maîtresse de maison.

Clotilde s'installa confortablement dans un fauteuil moderne, et jeta rapidement un coup d'œil sur la pièce. Sur les murs blancs étaient accrochés des tableaux de style dit « contemporain », taches de couleur sans grande signification, sans grand génie mais sûrement très tendance. Le mobilier était moderne, mélangeant assez harmonieusement le verre et le bois. Une vaste bibliothèque abritait un nombre surprenant de petits objets dépareillés. Un très grand écran de télévision trônait sur une table basse, sous laquelle s'accumulaient quantité de DVD et autres jeux électroniques. Dans un angle du salon, un ravissant secrétaire ancien, couronné par deux très beaux tableaux de chasse. Dans un autre angle de la pièce, une importante chaîne hi-fi, entourée de CD. L'ensemble parut un peu froid à Clotilde, qui se souvint de la phrase rituelle prononcée souvent par sa mère : « Dis-moi dans quel salon tu vis, et je te dirai qui tu es », affirmation qui déclenchait systématiquement la réaction de ses enfants : « Maman, ton disque est rayé », ce à quoi la maman rétorquait invariablement : « Oui, car la pédagogie... » « ... est l'art de la répétition ! », s'exclamaient en chœur les enfants, formulation qui s'achevait toujours dans un fou-rire général de toute la famille.

La mère de Joël entra dans le salon, portant un plateau chargé de jus de fruit et de gâteaux d'apéritif. Elle s'assit, et engagea la conversation :

— Ainsi, vous êtes une amie de Joël ?

Sans entrer dans les détails, Clotilde lui raconta les épisodes de la place d'Armes, de la répétition de musique et de la promenade, et conclut dans un grand éclat de rire :

— Quelques heures de rencontre, et une belle amitié !

La mère sourit tristement, baissa la tête, et dit :

— Je préférerais que vous soyez une amie de toujours, et pas seulement de quelques heures.

Clotilde la regarda de toute son attention. Cette femme était belle, moulée dans des vêtements « jeunes », fardée sans excès, d'allure sportive : une femme de son temps. Pourtant, de son visage semblait se dégager une tristesse permanente, que de minuscules rides, sur son front et ses joues, rendaient perceptible.

Clotilde lui demanda simplement l'explication de sa remarque, et entendit sur son nouvel ami des choses désagréables. À écouter sa mère, Joël semblait n'être qu'un bon à rien. Son père, ingénieur chez Renault, travaillait trop, s'épuisait dans son travail, et ne s'occupait pas suffisamment de sa famille. Elle-même, infirmière à plein temps, n'avait pas été assez présente auprès de ses enfants. Joël avait toujours été difficile, avec des fréquentations douteuses, et menait sa vie cahin-caha. Ses principales activités consistaient à s'intéresser beaucoup aux filles, sans doute trop à l'alcool, et peut-être à la drogue. Sa sœur de 16 ans, forte de l'exemple de son frère aîné, suivait le même chemin. Quant au petit dernier de 12 ans, il passait ses jours et ses nuits sur son ordinateur. Telle était la vie familiale décrite par la mère de Joël.

Clotilde était totalement concentrée sur ce que lui disait son interlocutrice. Elle possédait la qualité de s'intéresser en vérité à la personne avec laquelle elle communiquait. Ses rapports avec autrui n'étaient jamais mondains : ils étaient simplement authentiques. Elle avait donc totalement oublié son rendez-vous avec Joël, et le pot qui devait s'ensuivre.

Depuis que les deux femmes étaient installées dans leurs fauteuils, Clotilde n'avait pratiquement rien dit, et avait assisté à un monologue de la mère de Joël, qui avait manifestement besoin de décharger son cœur d'un lourd poids de tristesse. Son rythme de paroles était de plus en plus saccadé, les mots employés de plus en plus forts, les situations décrites de plus en plus affligeantes. Sa voix commença à s'érailler, son regard se voila, et une larme glissa sur sa joue, qu'elle essuya d'un revers de main.

Clotilde ressentait, intégrait dans son cœur la douleur communicative de cette femme. Elle vit nettement la larme couler sur sa joue. Elle se mordit furieusement la langue, pour tenter de s'empêcher de pleurer. Elle savait que, face à la douleur exprimée par autrui, son moyen d'expression incontrôlable était le sanglot, d'où le surnom dont l'affublaient ses amis : Cloclo-Lafontaine. Ses lèvres commencèrent à trembler, elle tenta un pincement douloureux de la paume de ses mains : rien n'y fit. Les larmes envahirent brutalement son visage, qu'elle cacha dans ses mains :

— Je suis vraiment désolée, je suis une vraie gourde, je vous demande pardon.

La mère de Joël se leva, s'approcha de la jeune fille, lui posa une main sur l'épaule, et lui dit :

— C'est à moi de vous demander pardon de vous avoir raconté tout ça ! Savez-vous pourquoi ? Parce que jamais je n'ai vu une amie de Joël comme vous, et si je vous ai parlé ainsi, c'est que j'ai tout de suite pensé que vous étiez une chance pour Joël, une chance exceptionnelle. Vous n'avez pas besoin de me dire qui vous êtes. Je l'ai compris. Oui, je le sais. Vous êtes vraiment une chance pour mon fils. Soyez son amie !

Elle ajouta, la voix brisée :

— Mais je ne peux que vous souhaiter : bon courage...

Clotilde n'exprima son approbation que par des hochements de tête affirmatifs. La mère de Joël lui confiait la mission d'aider son fils : comment aurait-elle pu refuser ? Ça n'était pas la première fois qu'on lui demandait quelque chose de ce genre, et ce ne serait sûrement pas la dernière ; elle ne songea pas une seconde à se dérober.

La mère de Joël frappa soudain dans ses mains, et dit d'une voix ragaillardie :

— Mais au fait, vous êtes venue pour Joël,

pourquoi n'est-il pas là ? Cela fait un temps fou que vous l'attendez !

Clotilde lui expliqua que tout cela n'avait aucune importance, que Joël avait sûrement un imprévu de dernière minute, mais qu'il fallait qu'elle retourne chez elle et que ce n'était que partie remise.

— Clotilde, promettez-moi de revenir me voir, car nous avons beaucoup de choses à nous dire, et vous ne m'avez pas parlé de vous !

Effectivement, la jeune fille n'avait pratiquement rien dit.

— Je vous le promets, répondit Clotilde en l'embrassant.

En rentrant chez elle, elle ne put s'empêcher de faire un petit détour par le parc qu'elle aimait tant. Respirer à pleins poumons les parfums du château était, pour elle, un instant de grâce ; contempler ces merveilles était sa façon de se ressourcer, de se mettre en harmonie intime avec la nature, avec la création, avec son Créateur.

Elle sortit du parc par le bassin de Neptune, et regagna, par de paisibles rues transversales, la jolie maison de ses parents, rue Sainte-Sophie. En franchissant la porte, elle lança le traditionnel :

— Coucou tout le monde, me voilà !

Elle se retrouva nez à nez avec son père, qui lui tapota le bras en lui disant :

— Comment va la miss, ce soir ?

La miss n'eut pas le temps de répondre, car elle entendit son portable sonner dans le salon. Elle se précipita, et bouscula sa sœur Marie, qui ne manqua pas de lui dire :

— Le portable siffle, Clotilde accourt en aboyant, mais il est trop tard : la sonnerie s'est tue avant que le chien ait eu le temps de mordre l'appareil !

Marie enchaîna :

— Dommage, j'en suis sûre, tu viens de rater une demande en mariage !

Clotilde haussa imperceptiblement les épaules et ne répondit rien, car elle consultait déjà ses sms. Elle s'aperçut qu'un même numéro avait laissé quatre messages. Elle cliqua sur le premier : « *Nous sommes au bistro du marché. T'attendons. À tout de suite. Joël.* » Puis sur le second : « *Nous attendons toujours. Fais vite !* » Puis sur le troisième :

« *Qu'est-ce que tu fiches ? On en a marre ! Tu viens ou tu viens pas ?* » Puis sur le quatrième message : « *Merci pour le super lapin, c'est vraiment sympa ! On se barre !* »

Clotilde rédigea immédiatement un texto, expliquant à Joël qu'elle l'avait attendu chez sa mère, et qu'elle l'avait trouvée charmante. Elle posa son portable sur la table, fila dans la cuisine pour prendre un verre d'eau, et, lorsqu'elle revint, constata que sa sœur lisait ses messages.

— Eh, dis-donc, toi, quand même, les sms, c'est personnel !

La petite sœur répondit :

— J'ai tout lu ! Je sais maintenant que tu avais rendez-vous avec Joël, que tu as fais la connaissance de sa mère, et qu'il n'y a plus qu'à organiser ton futur mariage avec ton ami !

Clotilde sourit et répondit à sa sœur :

— Je ne sais pas si je vais me trouver un mari, mais ce que je sais, c'est qu'avec ton intelligence microscopique, toi, tu vas avoir du mal à en trouver un !

Les deux sœurs sortirent du salon, et rejoignirent leurs chambres respectives en riant.

7

Joël était assis sur son lit, en tailleur, ses écouteurs rivés sur les oreilles, une canette de bière dans la main droite et une cigarette dans la main gauche. Il était en train d'écouter la dernière chanson des Krapuls, groupe de rappeurs aussi bruyant que violent, auquel Joël vouait une affection toute particulière. Le volume sonore était tel qu'il n'entendit pas sa mère frapper à la porte. Quand il la vit entrer, il enleva ses écouteurs.

— Quel est ton programme de la journée ? lui demanda-t-elle.

Joël fit semblant de réfléchir :

— Pas de programme particulier, aujourd'hui, conclut-il, comme d'hab', je vais travailler ma musique.

Sa mère le regarda d'un air consterné, et un lourd silence s'installa entre eux.

— Tiens, au fait, dit-elle soudain, j'ai fait la connaissance de Clotilde dimanche dernier, et je trouve que c'est une fille drôlement bien.

Joël but une grande gorgée de bière, s'essuya les lèvres sur la manche de sa chemise, tira sur sa cigarette, esquissa un sourire sardonique, et répliqua :

— Normal que tu la trouves bien, elle est belle, intelligente et sérieuse, d'ailleurs, normal, elle s'appelle Clotilde, elle ne s'appelle pas Joël.

Il but de nouveau une grande rasade de bière, s'essuya une nouvelle fois la bouche sur un pan de sa chemise qui s'avachissait sur son pantalon troué, et fixa le plafond. Sa mère reprit :

— Tu trouves que c'est un problème, qu'elle soit belle, sérieuse et intelligente ?

Joël tira longuement sur sa cigarette, souffla un épais nuage de fumée qui, il le savait, serait insupportable à sa mère, et dit sentencieusement :

— Ce que je sais, c'est que la mère de Joël, elle trouve que le Joël, il est moche, déjanté et crétin. Point barre.

Sa mère ne répondit rien, comme d'habitude. Elle ne savait pas, elle ne savait plus répondre aux interrogations de son fils, parce qu'elle n'arrivait plus à le comprendre. Il était inutile de poursuivre un dialogue qui se terminerait mal, comme de coutume. Elle soupira un triste « à ce soir », et quitta la chambre sur la pointe des pieds. Son visage ravagé exprimait tristesse et angoisse.

Joël remit les écouteurs sur ses oreilles, monta le son à un niveau presque insoutenable, et commença à rythmer de la tête le bruitage frénétique de ses amis rappeurs. Il aimait cette musique saccadée, répétitive, ponctuée de quelques phrases mécaniques redites à l'infini, qui ne signifiaient rien, mais qui pouvaient hisser son auteur au niveau d'une star internationale. Tout cela illustrait bien l'absence de culture de toute une jeunesse.

Son portable se mit à clignoter : il venait de recevoir un sms. Tout en écoutant la musique de ses rappeurs magnifiques, il lut le message suivant composé comme un faire-part :

« *Mlle Clotilde Marillac*
est heureuse d'inviter Joël, Luc et Louis
au Bistrot de la Flottille,
vendredi à 18 h précises,
afin qu'elle puisse les revoir tous les trois
pour se faire pardonner
le rendez-vous manqué d'il y a quelques jours. »

Il coupa le son de sa sono, lut et relut le message, et le transféra sans commentaire à Luc et Louis. Les deux garçons vivant avec leur iPhone dans la main, il savait que les réponses seraient instantanées. Il ne se trompait pas : les deux messages tombèrent presque en même temps, moins d'une minute après que Joël eut envoyé le sien.

Message de Luc : « *Je te l'ai dit, ta copine, elle est complètement chtarbée. On y va quand même : si elle nous paye un gros coup d'alcool, je suis pour, on n'aura qu'à pas l'écouter, il suffira de boire !* »

Message de Louis : « *Je vous l'avais bien dit, qu'elle est à moitié timbrée. Je propose : on se soûle à ses frais, on lui propose une promenade en barque, on la noie au milieu du canal, et on retourne au bistro pour fêter ce bon débarras. Attention : avant qu'elle se noie, ne pas oublier de lui piquer son argent : on va quand même pas fêter la noyade en nous ruinant.* »

Joël répondit : « *OK, Luc et Louis, on dit oui, mais pour une fois, essayez de bien vous tenir, je sais que vous allez avoir du mal, vous qui êtes plus proches du cochon que de l'humain.* »

Le retour de messages fut encore plus rapide que le précédent : deux sms d'insultes, toutes plus grossières les unes que les autres, tombèrent sur l'écran de Joël, qui regarda sa montre : il n'était que 9 heures du matin, le rendez-vous était le soir même, il avait donc toute la journée devant lui. Il replaça ses écouteurs sur les oreilles, monta le son au maximum, et écouta de nouveau les morceaux de rap qu'il affectionnait tant. Il reprit sa canette de bière, alluma une cigarette, se rassit en tailleur et laissa filer le temps.

8

Clotilde et ses deux sœurs pédalaient calmement le long des allées ombragées qui bordaient le Grand Canal. En ces premiers jours du mois de juin, la chaleur commençait à être intense, bien que l'après-midi fût déjà très avancée. Le parc était pratiquement vide, et les trois jeunes filles buvaient littéralement le charme, l'élégance et la grandeur qui se dégageaient de ce lieu hors du commun.

Clotilde avait prévenu ses deux sœurs qu'elle s'arrêterait au Bistrot de la Flottille à 18 h, pour un rendez-vous qu'elle avait avec de drôles de garnements. Immédiatement, Marie lui avait dit :

— Tu vas nous présenter ton fiancé, celui qui t'a envoyé un message dimanche dernier ?

Clotilde avait souri joyeusement :

— Quand tu auras vu la tête du fiancé, je pense que tu prieras toute la nuit pour que j'entre dans les ordres !

Puis Clotilde raconta à ses sœurs une discussion qu'elle avait surprise, deux jours plus tôt, du côté des barques. Elle avait déposé sa bicyclette pour prendre le temps de contempler le paysage, et s'était assise au bord du canal, non loin de deux jeunes gens qui étaient en grande discussion. Le garçon disait à la jeune fille :

— Dans ce parc, tous les week-ends, c'est complètement fou, il y a plein d'enfants, garçons et filles, en uniforme. Ils sont dirigés par des adultes, qui sont eux aussi en uniforme bleu ou beige. Ce qui est affolant, c'est que ces adultes bourrent le crâne des enfants avec des valeurs qui sont complètement extrémistes. Moi, je trouve ça super grave, c'est du vrai lavage de cerveau, les parents ne s'en rendent même pas compte. Ou ils sont au courant et en sont contents, ce qui est encore plus grave !

Clotilde enchaîna :

— J'aurais dû intervenir et demander au garçon ce qu'il appelait "valeurs extrémistes" et en quoi cela était grave. J'aurais dû lui demander si aimer les autres, leur rendre service, faire le bien autour de soi, c'était de belles valeurs, et si ça n'était pas encore mieux si on le faisait de façon extrême ! En fait, je pense qu'il ne sait pas ce que signifie le mot “valeur”, qu'il ne se rend pas compte de ce que ce mot signifie vraiment. Pourtant, c'est simple : la valeur, c'est ce qui vaut, c'est ce qui est valable, c'est ce qui a du prix. Tant mieux si ça vaut beaucoup, si ça a beaucoup de prix, si ça vaut extrêmement !

Les deux jeunes sœurs, elles-mêmes cheftaines de guides, approuvaient de la tête la remarque de leur aînée. Elles appréciaient chez elle sa façon de dire des choses vraies, basées sur des réflexions justes et simples. Les trois jeunes filles passèrent entre le canal et le château, franchirent la grille du bassin d'Apollon et arrivèrent devant le bistrot.

Clotilde était en avance de dix minutes. Elle proposa à ses sœurs de s'installer avec elle sur la terrasse : toutes les trois attendirent de pied ferme les musiciens.

L'attente fut de courte durée : apparurent soudain trois garçons, mal rasés, habillés de façon relâchée, trois garçons dans l'air du temps, en somme. Le contraste avec la famille Marillac était saisissant. Les présentations furent faites : Marie et Clémence Marillac, Joël, Luc et Louis. Car chez ces musiciens, le prénom faisait office de nom de famille. Marie fit un clin d'œil à Clémence, et dit à Clotilde :

— On ne voudrait pas être de trop, tu as retrouvé tes amis, nous rentrons à la maison !

Les deux sœurs sortirent du bistrot, remontèrent sur leurs bicyclettes, et, à bonne distance, furent prises d'un incompressible fou-rire. Marie tapait sur son guidon :

— Clotilde, c'est comme sainte Rita, c'est la spécialiste des causes désespérées !

Toutes deux se mirent à rire de plus belle, en rajoutèrent et en surajoutèrent, et ne retrouvèrent leur sérieux que lorsqu'elles pénétrèrent dans leur maison.

9

Sur la terrasse du bistrot, Clotilde était entourée de ses trois cerbères. Le soleil du soir, qui se reflétait sur l'eau du canal, chauffait délicieusement la terrasse, et donnait l'illusion que cette petite réunion amicale pouvait avoir lieu bien loin de Paris, dans un lieu de villégiature privilégié. Clotilde avait fait en sorte que les garçons se contentent d'un jus d'orange, ce qui la satisfaisait, car elle n'avait aucune envie de voir la petite bande s'enivrer devant elle. Probablement gênés par le spectacle qu'ils avaient donné durant la répétition du dimanche précédent, les garçons se montraient peu loquaces.

Tout en mordillant la paille en plastique plongée dans son verre de jus de fruit, Clotilde, illuminée par son sourire habituel, regarda les garçons à tour de rôle, et proclama, de façon énigmatique :

— C'est vraiment curieux, mais moi, j'ai toujours aimé les cochons.

Ses yeux quittèrent les trois musiciens, son regard se perdit au loin, et elle n'ajouta rien. Les trois jeunes gens se regardèrent, et Luc frappa discrètement sa tempe avec son index, tout en montrant Clotilde avec son autre main. Du bout des lèvres, il articula en même temps, sans que le son sorte de sa bouche :

— Complètement dingo, celle-là !

« Ça commence mal, cette affaire », pensa Joël, en regardant autour de lui. Ses amis avaient l'air complètement empotés, et Clotilde continuait de regarder au loin, vers le fond du canal, manifestement perdue dans ses pensées, tout en avalant des petites gorgées de jus de fruit, son beau visage affichant un sourire mystérieux.

« Qu'est-ce qu'elle a donc, dans sa petite caboche de dinguette ? » continuait-il à penser avec une inquiétude qui croissait de seconde en seconde.

Clotilde se redressa imperceptiblement, pencha la tête vers Luc, le fixa de son regard et de son sourire désarmants, et lui dit :

— Moi, j'aimerais faire un tour en barque, vous m'emmèneriez ?

— Bien sûr, répondit Luc, ça, c'est une bonne idée, moi, je suis d'accord !

Il était enchanté à l'idée de quitter ce bistrot à l'ambiance pesante. Le sourire de Clotilde ne le quitta pas :

— C'est dommage que vous n'ayez pas pris un bon gros whisky, ça vous aurait donné des forces pour ramer, et pour la suite…

Les trois garçons se regardèrent, interloqués : ainsi, la foldingue les poussait à la consommation d'alcool ! C'était à n'y rien comprendre !

— Tu sais, lui dit Louis d'un air gêné, il ne faut pas nous prendre pour des alcooliques. D'accord, on aime bien, de temps en temps, faire des grosses beuveries, comme toi sûrement, mais on ne pense quand même pas à se saouler tous les jours tout le temps, du matin au soir.

Clotilde lui répondit doucement :

— Désolée, mon ami, mais les beuveries, ça n'est pas mon truc ! Moi, ce qui me plaît, c'est un bon jus d'orange avec de bons amis au Bistrot de la Flottille, et puis, après, une bonne promenade sur l'eau, avec trois rameurs de choc ! C'est tout simple, n'est-ce pas ?

Soudain, Clotilde se frappa le front, et prit un air consterné :

— Quelle poisse, j'ai oublié de vous dire que je ne savais pas nager. Si je tombe à l'eau, la noyade est assurée ! La barbe, je n'ai pas envie de mourir noyée, moi ! Comme je suis sûre que pas un d'entre vous ne plongerait pour me secourir...

Luc glissa à l'oreille de Louis :

— Elle est complètement barge, ça devient dangereux, ça va mal finir.

Joël s'énerva vraiment :

— Écoute, Clotilde, on ne comprend rien à ce que tu racontes. On ne va quand même pas parler de noyade toute la soirée ! C'est la première fois de ma vie que j'entends parler de noyade dans le Grand Canal, c'est complètement grotesque, ça devient fou, quoi !

Clotilde regarda Joël de ses yeux verts, sourit avec éclat, et lui dit gentiment :

— Tu te trompes, mon cher, c'est la seconde fois que tu entends parler de noyade dans le canal.

Tout en parlant, elle farfouillait dans son sac, en sortit son portable, l'agita devant chaque garçon, et éclata de son rire franc si communicatif :

— Je vais vous donner un conseil d'amie : lorsque vous répondez à des messages, vérifiez la liste de vos destinataires ! Je vous lis :

Message de Luc : *"Je te l'ai dit, ta copine, elle est complètement chtarbée. On y va quand même : si elle nous paye un gros coup d'alcool, je suis pour, on aura qu'à pas l'écouter, il suffira de boire !"*

Message de Louis : « *Je vous l'avais bien dit, qu'elle est à moitié timbrée. Je propose : on se soûle à ses frais, on lui propose une promenade en barque, on la noie au milieu du canal, et on retourne au bistro pour fêter ce bon débarras. Attention : avant qu'elle se noie, ne pas oublier de lui piquer son argent : on va quand même pas fêter la noyade en nous ruinant.* »

Message de Joël : *"OK, Luc et Louis, on dit oui, mais pour une fois, essayez de bien vous tenir, je sais que vous allez avoir du mal, vous qui êtes plus proches du cochon que de l'humain."*

Clotilde les regarda tour à tour, et à la vue de leur mine effarée, fut prise d'un fou-rire irrépressible. Les trois garçons affichaient un air ahuri, l'air affolé de trois gamins qui se font surprendre par leur mère, les doigts dans un pot de confiture.

La jeune fille, tout en continuant à s'étrangler de rire, ajouta :

— Alors, les mi-hommes-mi-cochons, vous en dites quoi ?

Joël baissa la tête au ras de la table, posa ses deux mains au-dessus de ses oreilles, et commença à imiter le grognement du cochon. Ses deux amis l'imitèrent bientôt, et devant Clotilde s'agitèrent bientôt trois garçons hirsutes, grouinant à satiété. Lorsque celle-ci découvrit la tête du serveur, qui contemplait cette scène avec un air ahuri, son fou-rire augmenta de plus belle.

10

Clotilde était assise à l'arrière de la barque. Lui faisaient face les trois musiciens : Joël et Luc, qui tenaient chacun une rame, et Louis, qui était assis à l'avant du bateau. La soirée était un enchantement. La chaleur du soir était d'une grande douceur, le ciel d'un bleu immaculé se reflétait sur les eaux du canal, le château flamboyait sous l'effet du soleil couchant, un silence magique enveloppait le paysage.

— Alors, c'est quand qu'on me noie ? lança Clotilde d'un air malin.

— Excuse-moi, répondit Louis, tout ça, c'était pour rire.

— Non, je ne crois pas que c'était pour rire, dit Clotilde qui marqua un petit silence, et ajouta :

— Louis, je peux te poser une question ? Est-ce que tu crois que tu aimes les femmes ?

Joël maîtrisa mal un rire gras :

— V'là-t'y pas qu'on va apprendre que Louis est homo...

— Je parle sérieusement, Louis, réponds à ma question s'il te plaît.

Louis grommela :

— Bien sûr, que j'aime les femmes, eh, oh, tu vas où, là ?

— Eh bien moi, je crois que tu ne les aimes pas, puisque tu ne les respectes pas. Ça, c'est ton côté mi-cochon, Joël a raison.

Clotilde regardait maintenant au-delà des garçons, le regard perdu dans ses pensées, parlant presque pour elle-même :

— Si les horreurs que l'on voit sur le web n'avaient vraiment aucune importance, pourquoi ne pourrait-on voir de telles scènes dans le parc du château, dans les rues de Versailles, sur toutes les plages de France, partout ? Là, dans cette barque ! Tu le sais bien, Louis, lorsque tu regardes ces cochonneries, c'est dans ton coin, caché dans ta chambre ou dans une cave, parce que tu sais bien que c'est mal, et tu ne t'en vantes pas. Quand on se cache dans son coin pour faire quelque chose, c'est que généralement on sait que l'on fait quelque chose de mal.

Les garçons écoutaient. Joël et Louis ramaient en silence. Il se dégageait de Clotilde une force étonnante, empreinte de tristesse et de lassitude. Elle reprit :

— Regardez, vous voyez, là-bas, cette mère de famille qui fait de la bicyclette avec ses deux enfants. De loin, j'ai l'impression qu'ils ont moins de 10 ans, non ? Ça doit être à peu près ça. Eh bien, il faut que nous acceptions passivement l'idée qu'ils verront très bientôt, eux aussi, des horreurs... à moins, d'ailleurs, que ça ne soit déjà fait...

La voix de Clotilde s'étrangla, et des larmes silencieuses sillonnèrent ses joues. Tête baissée, les rameurs plongeaient délicatement leurs avirons dans le canal, et faisaient glisser sans un bruit leur frêle embarcation. Plus personne ne voulait s'exprimer : Clotilde, parce qu'elle n'en était plus capable, Joël, parce que son cœur battait à tout rompre, Louis et Luc parce qu'ils étaient envahis par un sentiment de gêne insurmontable. Le visage en larmes, Clotilde poursuivit malgré tout, avec un sourire d'une infinie tristesse :

— Vous aviez bien raison, vous auriez mieux fait de me noyer.

Il émanait un vrai désespoir de toute sa personne. Sa souffrance était communicative, intense. Elle était un cri de vérité. Les trois garçons en étaient oppressés.

Clotilde ne voyait plus la splendeur du soleil couchant, s'ensevelissant derrière les arbres du parc, et transformant en brasier flamboyant le château tout entier. Perdue dans sa douleur, elle ne murmurait plus que pour elle-même :

— Ce défilé des ignominies, c'est une œuvre de destruction de la femme, de toutes les femmes, de nos sœurs, de nos mères, de nos amies... C'est le dragon de l'Apocalypse, qui essaye de dévorer la femme et l'enfant, et qui...

De nouveaux, la fin de sa phrase fut rendue inaudible par un sanglot qui la couvrit entièrement. Joël essuya furtivement une larme qui coulait sur sa joue.

La barque avait fait demi-tour, et s'approchait du petit port. Un silence total s'était installé sur le bateau : chacun était perdu dans ses pensées, emmuré dans sa solitude. L'embarcation accosta, aidée dans sa manœuvre par le responsable du port. Les trois garçons montèrent les premiers sur le quai. Lorsque ce fut le tour de Clotilde, Luc lui tendit la main, la tira sur la passerelle, et lui dit d'une voix blanche :

— Clotilde, je suis content de ne pas t'avoir noyée.

La grille du parc allait fermer dans quelques minutes. Les quatre jeunes gens s'acheminaient lentement vers la sortie. Joël avait proposé à Clotilde qu'elle reparte à bicyclette sans les attendre, les trois garçons repartant à pied de leur côté. La jeune fille avait insisté pour marcher avec eux jusqu'à la sortie du parc, et Luc tirait donc sa bicyclette.

Personne ne sentait le besoin de parler. La nature jouait sa partition symphonique, qui rendait enchanteur le silence du soir. Cela, les trois garçons le sentaient confusément, et ne cherchaient pas à troubler ce règne du calme et de la sérénité. Clotilde, quant à elle, respirait à pleins poumons cette atmosphère délicieuse, si propice à la remettre d'aplomb. En approchant de la guérite, avec son sourire retrouvé, elle dit aux jeunes gens :

— J'aime tellement cette atmosphère unique ! Pourrais-je vivre sans les parfums du château et mes trois gardes du corps ?

Elle embrassa successivement Joël, Louis et Luc, leur dit un simple : « À bientôt, et merci pour la promenade », enfourcha sa bicyclette et disparut bientôt à l'angle de la rue Gallieni.

Joël salua les deux garçons par un élégant :

— Tchao, les mecs !

Puis il se dirigea vers la guérite du gardien, frappa à la porte, et entra à l'intérieur du petit bâtiment sans attendre la réponse. Louis et Luc se regardèrent d'un air étonné, se demandant ce que Joël allait faire dans cet endroit, et partirent chacun de leur côté.

11

Joël s'était assis sur le bord de l'embarcadère, en face du Bistrot de la Flottille. Ses jambes pendaient dans le vide, et il s'amusait à rider l'eau immobile en l'effleurant avec ses pieds. Il voulait réfléchir.

Ce matin-là, il s'était levé beaucoup plus tôt que d'habitude. Sa mère l'avait découvert dans la cuisine, à une heure matinale tout à fait inhabituelle pour lui, et n'avait pu masquer sa surprise : son fils s'était rasé, était approximativement coiffé, s'était habillé à peu près correctement, et prenait son petit déjeuner sans être accompagné par le bruitage habituel émanant de ses rappeurs de prédilection. Ils avaient échangé quelques banalités, et, pour la première fois depuis bien longtemps, Joël avait quitté l'appartement familial avant sa mère.

Le regard du garçon se posa tour à tour sur la terrasse du bistrot, sur les barques et sur le canal.

Il se remettait en mémoire tout ce qui s'était passé la veille au soir, dans cet endroit dont il découvrait la magie. Quelques jours plus tôt, il paradait au pied de la statue de Louis XIV, entouré par ses deux musiciens, sous de grandes poutres en ferraille, et devant une assistance conquise par sa prestation. Curieusement, tout cela lui paraissait lointain, et il n'arrivait pas à comprendre son détachement soudain pour son activité musicale, devenue pourtant depuis plusieurs années l'alpha et l'oméga de toute sa vie. Il ne voulait pas se le dire à lui-même, et il essayait même de cacher, de fuir cette vérité : ce que lui avait dit Clotilde, au cours de leurs conversations, l'avait touché au cœur. À chaque instant, il se remémorait le désespoir réel de la jeune fille, et en éprouvait une angoisse intuitive, irraisonnée, à laquelle il n'arrivait pas à trouver d'explication claire. Cette angoisse était profonde, pesante, intense. Il ne saisissait pas dans son ensemble et de façon précise tout ce que lui avait dit Clotilde, mais son intuition lui permettait d'entrevoir la signification des mots qu'elle employait. Ce qu'elle exprimait concernait évidemment l'une de ses activités favorites : rechercher sur le web, à longueur de jour et de nuit, des sites à caractère hautement pornographique. Cette recherche quotidienne et systématique était devenue une habitude, un réflexe, une action normale. Quelque temps auparavant, à la fin d'une soirée copieusement arrosée, il avait dit à Louis, lui aussi à moitié ivre :

— Je vais maintenant me taper un bon film porno.

Louis lui avait répondu en titubant :

— Et vive le porno, gratuit, laïque et obligatoire !

Obligatoire ? Joël se remémorait les mots de Clotilde, qui avait parlé d'esclavage. Obligatoire : en fait, quand il regardait tout « librement », était-il libre ou esclave ? N'était-il pas enchaîné par la pornographie, qui l'enserrait, l'étouffait, l'annihilait ? Quelle image, désormais, avait-il effectivement de la femme, « massacrée », comme le disait Clotilde, par cette avalanche d'images dégradantes ? Elle avait raison : il s'agissait bien d'un massacre, d'une violence inouïe. Car la femme, devenue objet quelconque, pouvait et devait alors tout subir. En y réfléchissant calmement, il constatait qu'il était vraiment persuadé que ses amies n'étaient « bonnes qu'à ça », n'étaient plus pour lui que des objets de consommation courante, à traiter comme tels. Machinalement, il commença à égrener mentalement les prénoms de son cercle relationnel féminin. La tête dans les mains, il s'arrêta soudain : qu'avait-il fait de toutes ces jeunes femmes ?

Joël pensait à tout cela, dans une grande confusion d'idées qui s'entremêlaient les unes aux autres. Ce dont il était désormais sûr, c'est que Clotilde avait, en quelques jours, ouvert une brèche profonde dans son existence et brisé bien des certitudes, mais il n'arrivait pas à pousser plus loin sa réflexion. Après une longue hésitation, il saisit son iPhone, composa le numéro de sa nouvelle amie, le supprima, réfléchit un long moment, le recomposa, et appuya sur la touche appel.

Clotilde décrocha aussitôt :

— Bonjour Joël, quelle bonne surprise !

Joël prit une voix mécanique du nez, et lui répondit :

— Le portable siffle, le chien accourt !

Clotilde enchaîna de sa voix la plus sérieuse :

— Mlle Clotilde n'allait quand même pas faire attendre plus d'une seconde trente-deux une célébrité mondiale de la chanson !

— La célébrité mondiale voudrait te voir quelques minutes ; c'est possible ou non ? Et si tu dis oui, tu rajoutes “merci Joël”, OK ?

La jeune fille réfléchit quelques instants, dit à Joël qu'elle préparait quelque chose d'important pour le lendemain, mais qu'elle serait ravie qu'il passe chez elle, à condition que cela ne dure pas trop longtemps... Joël lui expliqua qu'il était aux barques, qu'il partait tout de suite, et qu'il serait donc chez elle dans dix à vingt minutes. Il promit de ne pas s'incruster, et Clotilde conclut par un chaleureux :

— À tout de suite, mon bonhomme !

12

Le carillon de la porte d'entrée sonna. Clotilde sortit de sa chambre, cria à la cantonade :

— C'est pour moi, j'y vais !

Elle descendit l'escalier quatre à quatre, pénétra dans le vestibule et aperçut Joël à travers un carreau de la porte d'entrée. Elle marqua un temps d'arrêt : le Joël d'aujourd'hui ne ressemblait plus tout à fait au Joël d'hier. Correctement coiffé, rasé, habillé, le garçon avait une autre allure. Clotilde ouvrit la porte en grand, et lui lança avec sa vivacité coutumière :

— Le Joël nouveau est arrivé ! Que me vaut l'honneur de cette révolution physique et vestimentaire, et de cette visite si matinale ?

Prenant le garçon par les épaules, elle l'embrassa et le poussa dans la maison.

Entendant des voix dans l'entrée, Marie ne put s'empêcher de descendre à son tour, reconnut Joël et le salua d'un bref :

— Salut, toi !

Clotilde demanda à sa sœur si elle pouvait apporter quelques boissons dans le salon, et y entraîna Joël. La pièce était belle, joliment meublée. Dans un angle, un piano noir demi-queue. Trois grandes portes doubles, grandes ouvertes, permettaient d'apercevoir un jardin charmant. Clotilde proposa à Joël de s'asseoir, et fila dans la cuisine pour accélérer l'arrivée des boissons. Marie lui dit à voix basse :

— Il est tout changé, il est beau comme un camion, demande de mariage assurée aujourd'hui ! Grande veinarde, je suis hyperjalouse !

Elle donna une tape amicale sur l'épaule de sa sœur, qui lui prit le plateau des mains et entra dans le salon.

Joël jeta un regard circulaire sur la belle pièce dans laquelle il était installé :

— Dis donc, c'est vraiment très beau chez toi, dit-il avec admiration. Le piano, là-bas, qui en joue ?

Clotilde sourit :

— Tout le monde pianote gentiment.

Pour Joël, cette expression ne voulait rien dire.

Il répéta donc sa question. Clotilde lui répondit que chaque membre de la famille jouait, plus ou moins bien, mais de façon assidue. Sa mère, expliqua-t-elle, était une très bonne pianiste et avait transmis son talent à ses enfants, avec plus ou moins de bonheur.

— Je comprends maintenant que tu trouves mon petit orchestre archinul ! s'exclama Joël.

— Non, là, Joël, tu vas trop loin ! En fait, j'ai changé d'avis. Ton orchestre n'est pas archinul. Il est, comment dire…

— Nul, dit Joël.

— Bon, allons-y pour nul, répliqua Clotilde. Au fait, si tu veux écouter un autre genre de musique, passe ta tête au théâtre Montansier, demain, à 15 heures. Le mois Molière commence, et va être inauguré par ce que l'on appelle pompeusement "les Talents versaillais" qui vont interpréter plusieurs morceaux de musique. Tu devrais venir, et tu me diras ce que tu en penses. Ton avis m'intéresse vraiment. Je te conseille d'arriver tôt, car il y aura beaucoup de monde : c'est normal, c'est gratuit !

Joël promit mollement d'y réfléchir. Passer

deux heures à écouter une musique à laquelle il ne comprendrait sans doute pas grand-chose ne le tentait pas.

— Mais au fait, dit Clotilde, ça n'est pas pour parler musique que tu es venu me voir !

Joël la regarda. Il semblait gêné, et se dandinait dans son fauteuil. Il fut provisoirement sauvé par la mère de la jeune fille, qui revenait du marché, ployant sous le poids de deux gros sacs. Lorsqu'elle entra dans le salon, elle le salua avec beaucoup de gentillesse et repartit aussitôt dans la cuisine.

— Dis donc, murmura Joël, avec toi, tout est beau : toi, tes sœurs, ta mère, ta maison ! Y a-t-il quelque chose de moche, chez vous ? Tout est aussi beau que toi ?

— Doucement, lui répondit Clotilde en souriant, tu vas trop vite, mon vieux ! La déclaration d'amour et la demande en mariage, ce sera pour plus tard ! En fait, tu sais, la beauté, ça ne tombe pas du ciel comme ça, tout d'un coup. Ça se construit, et c'est une construction utile, car c'est pour l'entourage un réconfort, un rayon de soleil, un cadeau qu'on lui fait. Quand on diffuse autour de soi du laid, du moche, on méprise d'une certaine façon son entourage, son environnement. Regarde, il y a huit jours, je faisais la connaissance d'un Joël négligé, un peu momoche, pas très attirant pour son entourage. Aujourd'hui, je vois un beau Joël, qui fait plaisir à voir, et qui fait donc du bien à son entourage ! Eh oui, Joël, tu me fais du bien ! J'aime le Joël d'aujourd'hui.

Le garçon l'interrompit brutalement :

— Doucement, doucement, tu vas beaucoup trop vite, Madame ! Ta déclaration d'amour me touche, mais elle arrive trop tôt. Il faut que tu patientes un peu. Je te promets de réfléchir à ta demande en mariage mais ne va pas trop vite, quand même !

Clotilde éclata de rire et poursuivit :

— Tu vois, en fait, tout est affaire de cohérence. Dans un beau salon avec plein de belles choses, c'est quand même plus agréable de voir un beau Joël assis dans un beau fauteuil !

Joël écoutait attentivement sa nouvelle amie. Il était fasciné par sa façon très simple de dire des choses essentielles, qu'il ne se souvenait pas d'avoir jamais entendues. Il s'arma de courage, et posa enfin la question qu'il avait préparée depuis qu'il était assis sur la berge du petit port abritant les barques du château :

— Clotilde, j'ai entendu tout ce que tu m'as dit sur la déferlante pornographique qui te perturbe tant. J'ai été vraiment touché par la façon dont tu en as parlé. Je voudrais te poser simplement une question : puisque tu dis toi-même que tant de gens sont atteints par ce problème, à ton avis, est-ce qu'on peut en sortir ?

Le sourire de Clotilde s'était progressivement estompé. Comme d'habitude, sa lèvre s'était mise à trembler légèrement. Elle se connaissait par cœur, et savait que ce tremblement était immanquablement annonciateur d'un jaillissement de larmes. Non, cette fois-ci, elle ne serait pas la fontaine du jour : il n'était pas question qu'elle se mette à pleurer. Elle respira profondément pour se calmer, regarda le jardin amoureusement fleuri par ses parents, répéta pour elle-même, à voix haute, la question posée, et enchaîna simplement :

— Tu vois, aujourd'hui, se protéger et protéger son entourage du tsunami pornographique, c'est un devoir, un impératif, une nécessité. J'entends dire partout que le web et internet sont des instruments fantastiques, qui posent accessoirement quelques problèmes. En fait, il faut dire l'inverse, et le marteler : le web est un instrument ultra-dangereux, qui a cependant des aspects formidables. Le dire comme ça, ça change tout, car la priorité est claire. Tu te rends compte que pendant que nous parlons de cela, 30 à 40 % de ceux qui consultent Google en ce moment visionnent des images pornographiques ? Le problème est énorme, il faut d'abord et avant tout le reconnaître, et puis, après ça, essayer de le résoudre. Tant que ce drame sera honteusement caché, on n'arrivera à rien.

Il émanait de la personne de Clotilde un mélange étrange de force et de douceur. La jeune fille continua :

— Ensuite, arrêtons de dire que c'est comme ça, et qu'on n'y peut rien. Nous pouvons, nous devons agir pour le bien, c'est toujours possible, il y a toujours des solutions. Cela dit, Joël, que faire en pratique ? Il faut bien sûr installer des logiciels de protection sur les ordinateurs et sur les iPhones : ça marche très bien, parce que ça bloque toutes les cochonneries. Fini les soirées perverses dans sa chambre, ajouta-t-elle en souriant tristement. Voilà pour tes appareils à toi ! Pour ceux de tes amis, tu dois leur en parler et leur en reparler, leur faire comprendre qu'à partir de maintenant, tu n'as plus accès aux sites pornographiques, et que tu n'as aucunement l'intention d'y avoir accès par les leurs. En fait, le plus important, c'est d'en parler ! Le simple fait de parler des logiciels de protection va ouvrir de grandes discussions avec ton entourage, et cela aura forcément des retombées positives. Si tu parles comme ça à tes amis, tu vas sûrement en perdre : ceux-là, laisse-les filer, tu ne les regretteras pas. En revanche, tu vas sûrement en gagner de vrais, de solides, de sûrs : ceux qui, grâce à toi, vont comprendre le problème, et vont bloquer sur leurs propres appareils les sites à éviter. Ils ne t'en parleront peut-être jamais, mais ils t'en seront éternellement reconnaissants. Et puis, rien ne t'empêchera d'aller à la recherche de gens qui t'aideront à persévérer dans la voie que tu as prise : des amis sûrs, genre Clotilde par exemple !

Le sourire de la jeune fille s'attrista un peu plus.

— Je plaisante évidemment. Tu penses bien que je ne suis pas une petite sainte, et je perçois d'énormes qualités chez Joël et ses musiciens. Tiens, le simple fait que tu aies voulu discuter avec moi, simplement, de choses si dramatiques montre que tu es un garçon très courageux. Honnêtement, je ne sais pas si j'aurais osé, à ta place.

Joël écoutait, et faisait un décompte : des amis « genre Clotilde », en avait-il quelques-uns ou quelques-unes dans son entourage ? Il faisait défiler mentalement tous les Louis et Luc qu'il connaissait, toutes ses amies du soir, toutes ses relations passagères, tout son entourage de beuverie : pas de doute possible, aucune Clotilde n'apparaissait dans le lot. Il le savait, ses parents avaient fait de nombreuses tentatives pour essayer de le sortir du milieu dans lequel il s'était enfermé : leur échec avait été total, car Joël s'était très tôt complu dans un relationnel peu fréquentable, et n'avait jamais eu le désir d'en sortir.

Clotilde avait insensiblement levé les yeux vers

le plafond. Elle parlait à Joël, mais elle se parlait aussi à elle-même :

— Jamais je ne remercierai assez mes parents de m'avoir conduite là où je suis maintenant. Clotilde n'est pas mieux que les autres, oh non ! Mais en dépit de toutes les difficultés, des angoisses, des drames d'aujourd'hui, ils ont toujours tenu bon, et c'est grâce à eux que j'ai tenu bon, moi aussi. Tiens, Joël, une petite anecdote. Mon père m'a raconté un jour qu'un de ses amis, qui m'avait croisée très tôt dans la rue un dimanche matin, lui avait dit que je rentrais bien tard de soirée, mais que cela était très bien ainsi, car il fallait que jeunesse se passe. En fait, j'étais à l'époque cheftaine de guides, et je partais pour une journée de patrouille... Voilà la différence : ce monsieur ne pouvait imaginer qu'une fille de 20 ans puisse faire autre chose que passer des nuits de week-end agitées. Ça a fichu un gros coup à papa.

Le regard de Clotilde redescendit sur Joël. Il était d'une douceur infinie :

— Tu vois, mon ami, j'ai compris, l'autre jour, que ta mère t'aimait, et que tu avais beaucoup de chance de vivre dans un foyer uni. Un petit rien, et votre vie familiale peut devenir douce et réconfortante. Tu peux sûrement contribuer à développer, impasse des Gendarmes, une cellule familiale joyeuse et sereine ! Cela ne tient qu'à toi ! Joël, rien n'est impossible, et tu es l'aîné ! Et pour que tu puisses passer du temps dans le salon familial, avec tes parents, ton frère ou ta sœur, il faut que tu sois un peu moins dans ta chambre, il faut peut-être que tu bloques ton ordinateur...

Clotilde ne souriait plus. Son visage avait retrouvé gravité et tristesse. Elle se tourna vers les portes donnant sur le jardin, et son regard se perdit à nouveau. Il émanait de sa personne un rayonnement mélancolique, mélange frappant de sérénité et de tristesse. Elle sursauta : les cloches de Notre-Dame sonnaient l'Angelus de midi ! Elle se leva d'un bond :

— Joël, j'ai mille choses à faire, tu m'avais promis que tu ne t'incrusterais pas, et il est déjà midi ! Vilain garçon !

Au moment où Joël se leva, la porte d'entrée claqua, et l'on entendit un retentissant :

— C'est moi que v'là.

Le père de Clotilde entra immédiatement dans le salon :

— Tiens, de la visite ! Bonjour, jeune homme, Olivier Marillac, dit-il à Joël en lui serrant fortement la main.

— Bonjour Monsieur, Joël… Joël Ferray.

— Ce jeune homme déjeune-t-il avec nous ? demanda-t-il à sa fille en l'embrassant. Si c'est le cas, il faudra déjeuner très vite, car je dois être à mon bureau vers 13 h 15.

Il sortit rapidement du salon.

Joël se dirigea vers la porte, et dit à Clotilde :

— Je pars, excuse-moi d'être resté si longtemps, et… merci pour tout.

Il lui fit un signe de la main, et partit timidement sur la pointe des pieds.

Clotilde le regarda pensivement disparaître au loin. Son père surgit de la cuisine, suivi par Marie :

— Est-il indiscret de te demander ce que venait faire ce jeune homme chez nous ?

Marie répondit aussitôt :

— Il venait la demander en mariage, j'ai écouté derrière la porte, j'ai tout entendu, et elle a dit :

euh, ben oui, pourquoi pas, j'sais pas, faut qu'on en parle, pas bête, cette idée.

Clotilde éclata de rire, tira l'oreille de sa sœur, et lui dit :

— Plus stupide que toi, y'a pas !

Leur père les prit par le bras, les fit pivoter vers la cuisine, et conclut :

— Demande en mariage ou pas, à la cuisine pour préparer le déjeuner, et qu'ça saute ! Pendant ce temps-là, le papa, lui, va mettre le couvert.

Marie fit semblant d'être étonnée, et lui répondit :

— Mais c'est bien la première fois que je vois mon petit papa se livrer aux activités ménagères ! Il doit avoir quelque chose à nous demander, le petit papa ! Clotilde, explique à ton petit papa où sont les assiettes : il n'a jamais ouvert un placard de sa vie ! Petit papa, pour ouvrir un placard, il faut mettre la main sur la poignée et la tirer vers soi : à ce moment-là, le placard s'ouvre, c'est automatique !

Avec un grand sourire satisfait, Marie se mit à préparer une salade.

13

Joël s'impatientait. Il attendait Luc et Louis à la Civette du Parc, juste à côté du théâtre Montansier, et, comme prévu, ses deux amis musiciens étaient en retard. Il leur avait pourtant demandé d'arriver vers deux heures et quart, pour pouvoir entrer dans le théâtre vers trois heures moins le quart, puisque Clotilde lui avait dit qu'il risquait d'y avoir beaucoup de monde. Il chercha son téléphone portable dans sa poche, et envoya un sms à Louis, pour lui demander où il était. Au même moment, une personne s'approcha de lui par derrière, et lui appliqua d'un seul coup ses mains sur ses yeux, en lui tenant fortement la tête : c'était évidemment Louis, suivi de Luc.

— Vous êtes en retard, les gars, vous êtes nuls, on y va vite, dit Joël en se levant.

— Non, c'est pas nous qu'on est nuls, c'est l'orchestre, dixit la Cloclo, notre nouvelle conseillère musicale, marmonna Louis.

— Si je ne prends pas un café, je vais m'endormir pendant ton spectacle pourri, soupira Luc.

Joël maugréa, et lui dit de se dépêcher, car il avait en ligne de mire l'entrée du théâtre, par laquelle s'engouffraient de très nombreuses familles.

Lorsque les trois garçons franchirent la porte du théâtre, il était presque trois heures. Louis montra une très grande affiche, apposée juste à côté de la caisse, et intitulée :

Ouverture du mois Molière :
les Talents versaillais

Joël s'approcha de l'affiche pour regarder le programme, et se figea soudain. Sur les cinq pièces de musique annoncées au programme, la seconde était intitulée ainsi :

Ballade N°1 de Chopin
Clotilde Marillac

Il appela ses amis.

— Regardez, dit-il, vous voyez le premier morceau :

Quatuor de Mozart
Orchestre de chambre Cantare

Vous lisez quoi, juste en dessous ?

Louis lut d'un air appliqué :

— Bal-la-de-nu-mé-ro-un-de-cho-pin-clo-til-de-ma-ril-lac.

Joël s'énerva :

— T'es débile ou quoi ? C'est tout ce que tu trouves à dire ? Clotilde donne un concert, et ne nous avait rien dit !

Louis haussa les épaules :

— Là, ma vieille, tu es en plein délire ! Tu es en complet dérapage ! Tu fais une grande sortie de route ! Oui, d'accord, ta petite Clotilde chérie se produit sur scène, oui, d'accord. Mais, tu sais, j'ai assisté à une audition de ma petite sœur, à l'Université inter-âge, tu sais, près de la mairie, dans une salle bourrée à craquer. En fait, c'était un spectacle donné par tous ceux qui étaient en première année de piano. Tu sais ce qu'elle a joué, ma frangine ? Elle a joué quelque chose du genre "Au clair de la Lune", avec tout plein de fausses notes, et tout le monde a trouvé ça génial... Elle est gé-ni-ale, ma franginette !

Le ton de Joël monta encore d'un cran :

— Parce que, pour toi, "Au clair de la Lune" et Chopin, c'est pareil ?

Louis singea :

— J'en sais rien, moi ! Au fait, c'est qui, Chopin ? Chopin, connais pas ! Sacré Chopin, va ! Et toi, au fait, tu connais Chopin ! C'est nouveau, ça vient de sortir...

Joël haussa les épaules, et poussa ses deux amis vers l'entrée du théâtre.

Il tomba instantanément sous le charme de cette salle de spectacle, qu'il ne connaissait pas, et dont la beauté harmonieuse s'accordait parfaitement à l'environnement du château. Clotilde l'avait prévenu : il était trop tard, et il n'y avait apparemment plus de fauteuils disponibles.

— Chacun pour soi, les gars, chacun cherche sa place, dit Joël.

— OK, chacun pour soi, et Cloclo pour tous, euh, non, et Cloclo pour toi, enchaîna Louis.

Les trois amis se séparèrent, chacun essayant de trouver une place libre. Joël finit par trouver une sorte de strapontin, très proche de la scène, lui donnant une excellente visibilité sur le spectacle musical.

Il se retourna et regarda attentivement la salle. Celle-ci était remplie de spectateurs joyeux, dont les conversations animées la transformaient en ruche bourdonnante. Un grand nombre d'enfants couraient dans les allées, dans une ambiance chaleureuse et familiale. Au nombre d'interpellations qui fusaient d'un bout à l'autre du théâtre, Joël en conclut que bien des spectateurs se connaissaient, et se rendit compte que lui ne connaissait personne. Il se sentit alors bien seul.

Lorsque le grand rideau rouge commença à s'ouvrir, les conversations se firent plus discrètes, puis s'arrêtèrent complètement. Madame le Maire, qui était au premier rang, se leva, emprunta le petit escalier qui lui permettait d'accéder à la scène, se fit donner un micro baladeur par une hôtesse, et prononça un petit discours d'accueil. Joël fut frappé par sa jeunesse, son sourire chaleureux, son discours élevé. Elle prononça des mots très forts de remerciement pour tous les musiciens amateurs qui avaient accepté de se produire ce jour-là, grâce à leur talent, mais également grâce à leur travail acharné. Ils étaient, dit-elle, l'honneur de la ville. Elle termina son discours en levant de façon théâtrale, avec humour, sa main gauche vers le ciel, et en proclamant d'une voix forte :

— Je déclare ouvert le mois Molière.

Elle redescendit de la scène sous les applaudissements du public.

Plusieurs musiciens entrèrent sur scène : deux violonistes, deux violoncellistes et deux hautboïstes. La formation musicale était harmonieuse. Les hommes étaient en costume noir, chemise blanche et cravate bordeaux. Les femmes en chemisiers blancs, foulards bleu marine et pantalons noirs. Joël fut étonné par leur jeunesse : un violoniste et un hautboïste semblaient avoir autour de 16 ans. La formation était dirigée par le deuxième violon. Dans un grand silence, la musique de Mozart, joliment interprétée, emplit bientôt de son charme légendaire le théâtre tout entier. Joël était étonné et ému à la fois : il ne connaissait pas cette musique, mais celle-ci parlait à son cœur. À la fin du troisième et dernier mouvement, les applaudissements crépitèrent, et Joël vit le maire se retourner vers une de ses connaissances en levant trois ou quatre fois le pouce vers le haut : manifestement, la mélomane qu'elle était appréciait à sa juste mesure ce qu'elle venait d'entendre. L'orchestre de chambre se retira, et le grand rideau rouge referma la scène.

Une ou deux minutes plus tard, le rideau se rouvrit, et fit découvrir à Joël un grand piano à queue noir, qui venait d'être installé au milieu de la scène. L'instrument était ouvert, tourné d'un quart vers le public, qui pouvait donc regarder le clavier, mais aussi les mains de la pianiste. Le silence était total. Apparut alors Clotilde.

Joël vit la jeune fille arriver du fond de la scène, et s'approcher doucement du piano. Il perçut un murmure dans le public, qu'il interpréta aussitôt comme un murmure d'étonnement et de contentement auquel succédèrent des applaudissements nourris. Clotilde était vêtue d'une robe blanche à manches longues, rehaussée d'un foulard vert sombre tombant le long de ses épaules sur lesquelles s'épandaient ses cheveux blond or, encadrant son ravissant visage. Le public, comme Joël, semblait fasciné par la perfection de ce tableau.

Clotilde s'était arrêtée à proximité du piano, la main posée sur le bord du capot noir relevé, et gratifia les spectateurs de son sourire enchanteur.

Joël pensa au gardien de la guérite, et se dit en son for intérieur :

— Cette fille est vraiment un ange, un ange gardien.

Après avoir salué le public, la pianiste s'assit dans un silence complet. Elle ajusta son tabouret, vérifia la hauteur de ses mains, et marqua un long silence. Quelques secondes passèrent, lorsque soudain, une petite tête blonde, qui était au premier rang, cria :

— Allez, tante Cloclo !

Un fou-rire parcourut l'assistance. Clotilde se tourna vers sa nièce, et posa un doigt sur ses lèvres pour lui signaler qu'il fallait se taire. La petite fille acquiesça de la tête, puis se campa au fond de son fauteuil et ne bougea plus. Joël vit le maire de Versailles regarder successivement la petite fille puis l'artiste, visiblement impressionnée. Clotilde regarda fixement le clavier du piano, se concentra un long moment et commença à jouer la Ballade n° 1 en sol mineur, opus 23, de Frédéric Chopin.

Le morceau démarra avec une douceur infinie, les mains de la pianiste glissant harmonieusement sur le clavier, développant une musique d'une grande poésie, qui toucha instantanément Joël. Rapidement, les mains marquèrent une montée en puissance d'une partition qui dégageait petit à petit davantage de force et de violence. Fasciné, Joël regardait Clotilde se tendre, se concentrer au moyen d'un effort croissant, rendu visible sur son visage. Ses mains se mirent à parcourir le clavier tout entier, dans des gammes montantes et descendantes d'une intensité extrême. Joël s'aperçut que son visage marquait une tension frappante qui, dans une sorte d'explosion musicale qui sortait de ses doigts, lui rappela ses crises de larmes, lors de leurs discussions de ces derniers jours.

Emporté petit à petit par la tempête levée par la Ballade, le garçon sentit les battements de son cœur s'accélérer, se sentit comme attaqué personnellement. En contraste avec la beauté du spectacle qui s'offrait à lui, des épisodes de son passé défilèrent dans le désordre : ses soirées de beuveries, ses altercations menaçantes avec ses parents, ses concerts lamentables, son addiction aux sites pornographiques, ses journées désœuvrées, sa vie inutile, ses amis qui n'en étaient pas.

Les phrases musicales s'étaient radoucies. Les mains de Clotilde avaient retrouvé un rythme paisible et poétique. Joël regardait la pianiste, la revit dans sa belle maison si chaleureuse, entourée d'une famille aimante. Ce qu'il avait vu là, n'est-ce pas ce qu'il avait rêvé de vivre lui-même ? Il repensait à ses parents, à sa sœur, à son petit frère : qu'avait-il fait pour les entourer d'affection, de joie, de paix ? Il suffisait pourtant de si peu de chose pour qu'il en soit ainsi, avait dit Clotilde !

Les mains de la pianiste avaient repris un rythme plus rapide. De nouveau, la musique se faisait plus forte, plus violente, plus dure. La pianiste était en tension, le visage contracté et douloureux, vivant de tout son être ce nouveau moment musical dramatique. Elle participait corps et âme à sa partition musicale : le passage tumultueux qu'elle interprétait la secouait tout entière, Joël le voyait. Le cœur du jeune homme en était touché. Sa pensée sombrait peu à peu dans une insondable tristesse. Il revoyait son enfance, sa maman qui s'était donné tant de mal pour lui, son père qu'il n'avait jamais voulu comprendre, son frère et sa sœur dont il ignorait tout. Il voulait que cela change, il le voulait absolument.

Les phrases musicales devenaient de nouveau calmes, mélodieuses, poétiques, attendrissantes. Joël fixait des yeux Clotilde, sorte d'ange de paix à la beauté rayonnante. Une première larme glissa sur sa joue. La douceur extrême de ce moment musical mettait du baume sur ses blessures.

La musique se durcissait à nouveau, Clotilde se tendait et vivait encore une fois son morceau de façon poignante et déchirante, les larmes s'accumulèrent dans ses yeux. La montée en puissance, brutale et presque sauvage, des phrases musicales, et une forme de détresse perceptible chez Clotilde, crispée sur son clavier dans un intense effort, accentuèrent encore le désespoir de Joël.

Le morceau approchait de sa fin, alternant des petites phrases musicales d'une grande douceur, et de longues phrases d'une incroyable violence. Les mains de l'artiste, en ce moment final, montaient et descendaient la totalité du clavier, générant une musique d'une puissance tragique.

Les dernières secondes furent ponctuées par les accords finaux, de la force d'un ouragan. Joël laissait couler des larmes qu'il ne pouvait plus maîtriser.

Lorsqu'elle eut plaqué son dernier accord, il se fit un silence impressionnant. Clotilde regardait son clavier, la tête légèrement baissée, et ne bougeait plus. Il semblait que personne ne voulût briser ce moment magique et tragique à la fois.

Soudain, au premier rang, une petite voix cria :

— Bravo, tante Cloclo !

Joël eut alors l'impression qu'un tsunami allait emporter le théâtre. Les spectateurs se mirent à applaudir à tout rompre la pianiste, qui s'était levée et avançait au bord de la scène, souriant avec éclat.

Joël aperçut Madame le Maire monter l'escalier qui menait à l'estrade, pour aller féliciter l'artiste. Elle tenait par la main la petite nièce de Clotilde, aussi blonde et charmante que sa tante.

Se levant et baissant la tête pour que personne ne voie qu'il était en larmes, Joël emprunta l'allée qui le menait vers la sortie du théâtre, remontant le flot des spectateurs enthousiastes qui, debout, applaudissaient la pianiste. En traversant le hall d'entrée, il entendit le brouhaha indescriptible des applaudissements et des « bravo » qui fusaient de la salle, de façon ininterrompue. Il rejoignit le bassin de Neptune, situé à deux pas du théâtre, et commença à marcher dans le parc, comme un somnambule, emmuré dans sa solitude, le cœur broyé par le chagrin.

14

Le déjeuner dominical des Marillac se tenait dans une joyeuse pagaille. La famille était au grand complet : les parents étaient entourés de leurs enfants, auxquels s'étaient joints un ami de Clotilde et une amie de Marie. Au début du repas, le père de famille leva bien haut son verre rempli de vin, et dit d'un ton faussement cérémonieux :

— Je lève mon verre pour féliciter notre grande pianiste dont la prestation, hier, a été, osons le dire, impeccable, oui, impeccable !

Marie regarda sa sœur, et ajouta sur-le-champ en prenant un air pincé :

— Moi, j'ai trouvé qu'elle jouait comme une quiche ! Elle a fait plein de fausses notes ! D'ailleurs, j'ai entendu le maire de Versailles le dire à son voisin !

Son père se tourna vers l'amie de sa fille :

— Ça ne doit pas être facile, pour vous, d'avoir une amie comme Marie ! Enfin, on a les amis qu'on mérite ! Merci quand même de la supporter telle qu'elle est ! Bon, trêve de plaisanterie, je trouve, Clotilde, que tu as été parfaite. Qu'en pense ma petite épouse, grande pianiste devant l'Éternel ?

La mère de famille réfléchit un instant :

— Franchement, Clotilde, tu as vraiment très bien joué. Peut-être un peu brouillon, vers le milieu de la Ballade, au moment où Chopin exprime une vraie violence, un vrai désespoir. J'ai d'ailleurs trouvé que tu semblais vivre vraiment ce moment d'angoisse, cela m'a frappée. Est-ce que je me trompe ?

Marie intervint aussitôt :

— Nous savons bien que Clotilde vit intensément chaque moment de sa vie ! Si elle joue un Chopin violent et désespérant, elle sera violente et désespérante ! Si elle joue du Johnny Hallyday, elle sera hurlante et transpirante. Si elle joue du Dorothée, elle sera la gourdiche internationale. C'est aussi simple que cela ! Maman, réfléchis un peu tout de même !

La maman reprit en souriant :

— Merci, ma petite Marie, de répondre aux

questions que je posais à Clotilde !

Toute la table se mit à rire, et Clotilde enchaîna :

— Marie a raison, vous savez bien que mon plus gros défaut, c'est de vivre intensément, trop intensément tout ce que je fais, oui, je sais, trop intensément ! Et donc, quand je joue du Chopin poétique et mélancolique, je deviens poétique et mélancolique. Quand Chopin devient puissant et violent, je suis habitée par l'angoisse et la tristesse. Voyez-vous, j'ai fait la connaissance d'un garçon il y a quelques jours...

Marie la coupa aussitôt :

— Oui, oui, je le connais, c'est son fiancé, il est ferrailleur...

Clotilde poursuivit :

— C'est sérieux, Marie, ce que je dis.

— Oui, je sais, vous allez vous marier…

— Eh bien, je l'ai rencontré plusieurs fois, et j'ai pleuré comme une fontaine à chaque fois, à cause de sujets de discussion vraiment trop tristes. C'est normal, d'être comme ça ? Je suis malade ? Il faut que je me fasse soigner ? Il faut que je me fasse psychanalyser ? demanda-t-elle à son père en se tournant vers lui, mi-sérieuse, mi-espiègle.

Celui-ci réfléchit un instant, et répondit avec un bon sourire :

— Sûrement pas, ma chérie, reste surtout comme tu es. Chacun a son charisme. Le tien est de communiquer intensément avec chaque personne que tu rencontres, et d'entrer en relation profonde et vraie avec elle. Résultat : tu dois faire du bien autour de toi !

— Ça y est, elle va même réussir à faire du bien à un ferrailleur, soupira Marie.

— Ne vous vexez pas, les autres, reprit le père de famille. Vous avez tous d'autres charismes, tout aussi importants. Ce que nous avons essayé de faire, votre mère et moi, ça a été de les développer au maximum. Je trouve que nous avons plutôt bien réussi, vous ne trouvez pas ? Nous avons des amis avec nous, je ne vais pas les enquiquiner avec des histoires de famille, mais sachez que je suis très fier de vous tous !

Levant à nouveau son verre, vide cette fois, il ajouta :

— Cette fois-ci, je lève mon verre au charisme

particulier de tous ceux qui m'entourent : ma petite femme, chacun de mes enfants, chacun de nos amis !

Clotilde écoutait son père et regardait en même temps chaque personne assise autour de la table. Elle éprouvait une profonde reconnaissance envers ses parents pour cet espace de bonheur tranquille qu'ils avaient si bien su créer. Elle rapprocha ce déjeuner des repas qu'elle prenait, à Saint-Quentin, avec des étudiants de son amphi ou de ses TD : ce qui séparait ce déjeuner dominical de ces repas universitaires, ça n'était pas un écart, ça n'était pas une différence, c'était un grand fossé, qui n'empêchait pourtant pas des échanges aussi passionnants que passionnés. Au cours de discussions durant lesquelles elle disait à ses amis étudiants des choses allant totalement à contre-courant de ce qu'ils pensaient, ce qui était la plupart du temps le cas, elle se faisait généralement dire :

— Clotilde, il faudrait peut-être que tu descendes de ton petit nuage, que tu rentres dans la vraie vie !

Elle répondait invariablement :

— La vraie vie, c'est celle qui est tournée vers le bien, vers le beau, vers le vrai. C'est celle qui rend heureux en profondeur. C'est celle qui vous épanouit et qui, par ricochet, vous permet d'aider à l'épanouissement de votre entourage. La vraie vie, comme vous dites, n'a rien à voir, pour moi, avec la vie imposée par le plus grand nombre, que je trouve bien souvent tellement déprimante, tellement triste à en mourir !

Lorsqu'elle prononçait ces quelques phrases, ses interlocuteurs étaient souvent frappés par la soudaine tristesse qui se dégageait de sa personne. Manifestement, Clotilde ne récitait pas un texte appris par cœur, mais vivait profondément ce qu'elle disait. Il en résultait généralement que ce genre de déclaration interpellait ses relations étudiantes, et permettait des discussions approfondies dont chacun semblait preneur. L'authenticité prenait vite le pas sur la superficialité, et Clotilde découvrait autant qu'elle apportait.

Elle regarda ses parents, chacun de ses frères et sœurs, les amis qui participaient au déjeuner familial. L'ambiance chaleureuse qui s'en dégageait la comblait.

— Quel est le programme de la journée pour tout ce petit monde ? demanda le père de famille.

Chacun déclina son emploi du temps : les parents feraient le tour complet du Grand Canal à bicyclette ; Clotilde et son ami devaient retrouver, dans la crypte de l'église Sainte-Jeanne d'Arc, un groupe de jeunes qui préparaient la veillée de prière du soir ; Marie et Clémence devaient rejoindre leurs unités de guides à la grille de la Reine ; les deux petits derniers étaient attendus chez leur voisin, qui fêtait son anniversaire avec des amis de sa classe.

Le déjeuner s'achevait autour de conversations décousues. Marie interpella sa sœur aînée :

— Dis-moi, pour une fois, je vais parler sérieusement : pendant que tu massacrais cette belle Ballade de Chopin, hier après-midi, je me suis aperçue que ton ami ferrailleur était juste derrière nous, sur un strapontin. Eh bien, tu me croiras si tu le veux, mais il pleurait à chaudes larmes ! On aurait dit la fontaine du bassin de Neptune ! C'était pire que Cloclo-Lafontaine, c'était un torrent, un océan de larmes ! En rentrant à la maison, j'étais trempée, il a fallu que je me change complètement !

Clotilde sembla intriguée :

— Tu parles sérieusement ou non ?

Marie reprit aussitôt :

— J'aurais parlé de n'importe qui, tu ne m'aurais même pas écoutée. Mais là, évidemment, quand il s'agit de Monsieur Morceaudeferraille, ton futur mari, tu m'écoutes !

Son père regarda son épouse d'un air amusé, et lui fit un clignement des yeux : il aimait l'humour de sa fille, qui avait l'art de rendre drôles les situations les plus tragiques ! Marie enchaîna :

— Oui, je te le promets, il pleurait comme une grosse vache ! J'aurais bien voulu aller le consoler, lui tapoter la joue, lui pincer le nez, mais il te regardait si intensément, avec un air si désespéré, que mon courage a flanché !

Comme toujours lorsqu'elle réfléchissait, le regard de Clotilde se voila légèrement. Ainsi, Joël était venu, mais pourquoi avait-il versé ces larmes ? Elle cherchait au fond de sa mémoire ce qui aurait pu justifier une telle attitude : elle ne trouvait aucune réponse à son interrogation.

Elle se promit de tirer cela au clair avec lui.

Le déjeuner était terminé, la table fut débarrassée en un clin d'œil par les uns, quand d'autres remplissaient la machine ou lavaient plats et casseroles. Il ne fallut pas plus de quelques minutes pour que tout fût remis dans un ordre impeccable.

Les guides montèrent dans leur chambre pour se préparer, les deux derniers partirent à toute allure chez leur voisin, et Alban s'installa devant une petite télévision pour regarder un match de foot.

Clotilde resta quelques instants avec ses parents et son ami. Son père lui donna une petite tape affectueuse sur l'épaule, et lui dit :

— Dis-moi, ce fameux garçon dont parle Marie, c'est bien le garçon que j'ai vu à la maison vendredi ?

Clotilde acquiesça. Son père continua :

— Pour être franc, je ne lui ai pas trouvé une allure formidable... En fait, vous êtes vraiment amis ? Et, à ton avis, pourquoi pleurait-il comme cela hier, au Montansier ?

Clotilde raconta en quelques phrases la façon dont elle avait connu ce garçon, les discussions qu'ils avaient eues, la vie compliquée qu'il s'était construite, la visite à sa mère, l'engagement qu'elle avait pris auprès d'elle de soutenir son fils.

Son père et sa mère l'écoutaient attentivement. Sa mère intervint :

— Clotilde, fais tout de même attention à ne pas te croire plus forte que tu n'es. Aider les autres, c'est très bien, mais protège-toi quand même, pense un peu à toi.

Son père intervint à son tour, en se tournant vers l'ami de sa fille :

— Éric, je vous charge de surveiller ma fille, qui semble se prendre pour la mère Teresa de toute l'Île-de-France !

Avec un bon sourire, Éric le promit.

15

Éric et Clotilde traversaient le quartier des Prés, et se dirigeaient vers l'église Sainte-Jeanne d'Arc. En ce début d'après-midi, la chaleur était lourde, et les deux amis cherchaient l'ombre des immeubles. Ils passèrent devant la façade nord de la maison d'Espagne, prirent sur la gauche la rue du Maréchal Foch, et tournèrent très vite à droite pour prendre la petite rue qui menait directement à l'église. Le bâtiment vers lequel ils marchaient ressemblait à une église orthodoxe, le style byzantin de l'ensemble étant accentué par la coupole qui couronnait l'édifice. Rien de très versaillais dans cette architecture étonnante, faisant pourtant désormais partie du paysage urbain.

Les deux jeunes gens franchirent la petite grille de gauche, puis empruntèrent un escalier de pierre qui descendait à la crypte. Le groupe Ressuscito avait déjà installé son matériel de sonorisation et d'orchestre, et allait commencer sa répétition dans quelques instants.

Éric était un des animateurs de ce groupe de jeunes. Il avait demandé à Clotilde, dont les qualités musicales étaient reconnues, de participer aux répétitions de chant, afin de rehausser le niveau des chanteurs et des musiciens. Tout en avançant vers le centre de la crypte, il prit Clotilde par le bras, marqua un temps d'arrêt, et lui dit :

— Je pense à une chose : pourquoi n'inviterait-on pas ton fameux ferrailleur à la veillée de ce soir ?

Clotilde réfléchit

— C'est une super-bonne idée, d'autant plus qu'il aimera sûrement cette musique de dingues ! Tu sais, c'est son registre préféré ! Plus ça tape et plus ça fait du bruit, plus il aime... Au fait, toi qui côtoies beaucoup les groupes amateurs de jeunes, tu le connais peut-être : Joël Ferray, ça te dit quelque chose ?

Éric réfléchit un instant, et lui répondit :

— Je n'ai jamais entendu ce nom-là. Si c'est un bon musicien, nous pourrions l'embaucher, qu'est-ce que tu en penses ?

Clotilde ne put s'empêcher d'éclater de rire :

— Pourquoi pas, ça se discute ! Peut-être a-t-il des qualités musicales cachées, qui ne demandent qu'à s'épanouir. En tout cas, s'il en a, il les cache vraiment bien ! Cela lui permettra aussi de rencontrer de nouveaux amis.

Les deux jeunes gens décidèrent d'un commun accord de contacter Joël en début de semaine, pour lui proposer de l'intégrer au groupe de musique dès le dimanche suivant, s'il le souhaitait. Ils durent interrompre leur conversation, car la séance commençait, et la puissance de la sono rendait vaine toute tentative de discussion. Bruit et fureur pour Clotilde, assise sur une chaise, qui était là pour écouter la répétition et tenter d'améliorer les choses. Mission difficile, car les musiciens s'investissaient avec autant d'ardeur dans leur activité musicale qu'ils affichaient leur peu de connaissance de la musique. Elle esquissa un sourire en pensant que la formation orchestrale de Joël, finalement, était d'un niveau assez proche de celui de ces jeunes gens. Elle savait aussi que ce groupe avait un effet d'entraînement spirituel certain sur la jeunesse des environs, et elle l'admirait pour cela : il fallait donc que Joël l'intègre.

16

Joël remontait tranquillement la rue du Maréchal Foch. Le soleil du matin éclairait de façon crue les façades des immeubles tournés vers l'est, et la chaleur de cette belle journée de printemps s'accumulait déjà sur les trottoirs que pas un arbre n'ombrageait.

Joël s'engagea bientôt dans la rue du Maréchal de Lattre de Tassigny, et aperçut au loin le collège Saint-Jean de Béthune, dont la chapelle joliment restaurée émergeait des bâtiments compacts. À l'angle de l'avenue Debasseux, il marqua une courte pause pour admirer l'alignement, à perte de vue, des deux remarquables rangées d'arbres qu'encadraient les très belles maisons en meulière de cette rue.

Il reprit sa marche, et s'approcha du collège. Des élèves en sortaient à flot continu, dans un joyeux brouhaha. Il crut apercevoir Clotilde, mais la masse des élèves était si compacte qu'il n'était pas sûr que ce soit elle. En approchant du feu piétonnier situé devant une porte de sortie de l'établissement, il la reconnut : c'était bien elle. Clotilde, de l'autre côté de la rue, attendait que le feu passe au vert pour traverser. À ses côtés se tenaient son petit frère et sa petite sœur, qu'elle était sans doute venue chercher.

Joël s'arrêta au niveau du passage piéton, et appela son amie, qui releva la tête et l'aperçut. Son visage s'illumina de son sourire radieux, ses mains se joignirent autour de sa bouche pour faire un porte-voix, et elle cria d'une voix nette :

— Quelle surprise, que fais-tu là ?

Joël lui répondit qu'il allait retrouver un ami au Paquito, un café branché situé à quelques pas de là. Ce bar était l'endroit de prédilection de tous les élèves désireux de « prendre un pot ».

C'est à ce moment précis que le feu piétonnier passa au vert. Clotilde, tout en demandant à Joël de l'attendre un instant, s'engagea sur le passage piéton, et se trouva très rapidement au milieu de la chaussée.

La suite des événements se déroula en quelques secondes. Joël mit un certain temps à réaliser qu'il se passait quelque chose qu'il ne comprenait pas. Il remarqua que plusieurs élèves, en train de traverser en amont de la rue, hors du passage piétonnier emprunté par son amie, reculaient précipitamment et remontaient sur le trottoir.

Surgit alors, dans un bruit de tonnerre et à très grande vitesse, une moto puissante, pilotée par un motard tout de noir vêtu. En même temps, au milieu de la route, Clotilde tendait ses bras vers Joël, pour lui exprimer son plaisir de le retrouver là.

Joël hurla, comme le firent le frère et la sœur de la jeune fille. Celle-ci, tournant la tête, vit enfin le bolide se diriger droit sur elle, et poussa un grand cri.

La moto qui avait surgi du virage à une vitesse insensée, se précipitait en ligne droite sur Clotilde, tétanisée, qui regardait le bolide s'apprêtant à la foudroyer. Il s'agissait d'une moto au guidon démesurément élargi, donnant l'impression que son conducteur conduisait l'engin avec les bras grands ouverts. Le motard était assis sur une selle rabaissée, accentuant le côté impressionnant de son engin. Le bruit fait par la machine était insupportable, et envahissait tout l'espace de la rue.

Clotilde, paralysée par cette vision d'horreur, était totalement immobile. Joël hurla de nouveau :

— Attention !

Ne sachant que faire, le motard freina brutalement. La moto, tout en se couchant sur le côté, l'éjecta brutalement, fit un tête-à-queue, et faucha Clotilde avec une rare violence. La jeune fille fut brutalement projetée en arrière, et s'écrasa près du trottoir. Sa tête heurta violemment la chaussée. Elle perdit connaissance. Allongée sur le bitume, les bras ouverts, les jambes recroquevillées, elle ne bougeait plus. Un léger filet de sang coulait de ses lèvres entrouvertes. Ses jambes, fauchées par la moto, saignaient abondamment.

Pendant quelques instants, la stupeur figea les visages. Élèves et professeurs de Saint-Jean de Béthune, si nombreux sur les trottoirs à cette heure, étaient statufiés.

Soudain, un brouhaha de panique envahit toute la rue. Le frère et la sœur de Clotilde s'étaient précipités en pleurant et en criant auprès de leur sœur, allongée à même le macadam, et sanglotaient en lui prenant le bras. Des parents d'élèves, suivis de leurs enfants, accoururent à leur tour près de la jeune fille. Un père de famille téléphona immédiatement au SAMU puis aux pompiers et à la gendarmerie, pour leur demander de venir dans les plus brefs délais, ce qui lui fut confirmé par tous.

Joël n'avait pas bougé de sa place. Il était paralysé, incapable de faire le moindre geste. Il voyait la grappe humaine se former et s'épaissir autour de Clotilde, qui fut bientôt cachée à sa vue. À sa gauche, loin du groupe, l'énorme moto noire, couchée sur le côté, et le motard qui se relevait en titubant. Joël le vit enlever son casque, et repousser sur les côtés ses longs cheveux ébouriffés. Moulé dans sa tenue noire, les yeux masqués par des lunettes de soleil, la barbe épaisse, le motard examinait sa moto, et cherchait manifestement à savoir si celle-ci était abîmée.

Joël regardait. Clotilde gisait dans son sang, sur la chaussée, assommée, à quelques mètres du motard, qui ne s'intéressait qu'à l'état de sa moto, elle aussi allongée sur le bitume. Ce spectacle parut insupportable au garçon, qui sentit une violence incontrôlée s'emparer de lui. Il marcha vers le motard, qui le vit s'approcher et montra, par son air apeuré, qu'il avait compris les sentiments du jeune homme à son égard.

Lorsque Joël arriva à sa hauteur, et avant même que celui-ci ait proféré la moindre parole, le conducteur de la moto bredouilla d'une voix mal assurée :

— Fallait pas qu'elle traverse, le feu était vert pour moi et rouge pour elle.

Joël était pétrifié. Le mensonge était si grand qu'il explosa. Il saisit le motard par le col, le secoua brutalement et hurla :

— Tu l'as tuée, et tu oses dire ça ? Tu oses dire ça ?

La panique s'empara du motard, qui pensa utile de répéter son mensonge :

— C'est vrai, je suis passé au vert, elle avait pas à traverser.

Ce fut, pour Joël, la phrase de trop. Son visage se durcit à l'extrême, et il assomma le motard, d'un seul coup de poing en pleine figure. Celui-ci chancela, et s'écroula sur sa moto. Joël se tourna vers le groupe qui entourait Clotilde, qu'il ne pouvait voir, et il fut à nouveau incapable d'esquisser le moindre geste.

Plusieurs adultes avaient observé la scène, mais tout s'était passé si vite qu'ils n'avaient pu intervenir. Ils entourèrent bientôt Joël, qui ne bougeait plus. Chacun y allait de son commentaire, interpellant Joël, le secouant, lui demandant des explications : celui-ci n'entendait rien, et était totalement incapable d'articuler le moindre son. Plusieurs sirènes hurlaient au loin, et leur puissance sonore montait de seconde en seconde. Arrivèrent en même temps de la place Laboulaye une ambulance et, du square Jean-Houdon, une voiture de police, suivie par un camion de pompiers.

Policiers et pompiers sortirent précipitamment de leurs véhicules, et refoulèrent assez brutalement la foule qui s'était amassée autour de Clotilde. Joël fut bousculé par tous ceux qui reculaient, mais était retenu fermement par les quelques parents d'élèves qui le surveillaient et l'empêchaient de marcher. C'est ainsi qu'il se retrouva finalement à proximité de Clotilde, qu'il put voir à nouveau, entourée par son frère et sa sœur. Le motard, allongé à quelques pas de lui, commençait à se redresser. L'une des personnes qui avaient bloqué Joël parlait à deux policiers. Ceux-ci s'approchèrent alors de lui et l'interpellèrent vigoureusement :

— Vous avez agressé ce monsieur, dit l'un d'eux, en montrant le motard.

Joël ne répondit rien. Son regard ne pouvait se détacher de la jeune blessée et des deux enfants qui l'entouraient. Son cœur était glacé. En un éclair, il revécut ces dernières journées, ces conversations, le parc du château, le concert. Maintenant, il voyait Clotilde allongée par terre, peut-être mourante, peut-être déjà morte.

L'un des policiers lui serra vivement le bras :

— On vous parle !

Joël regardait le brancard à présent installé juste à côté de Clotilde, et quatre pompiers qui, avec délicatesse, l'y installaient, tout en la couvrant d'une couverture grise. Il vit la jeune fille soulevée lentement, et dirigée vers leur véhicule. L'un d'eux essaya de retenir les enfants au moment où le brancard franchissait la porte du camion. Baudouin poussa un hurlement :

— C'est ma sœur, je reste avec elle !

Et il repoussa violemment le pompier.

Le responsable du groupe fit un signe de tête, et un autre pompier aida les deux enfants, cramponnés au brancard, à monter dans le véhicule, qui démarra aussitôt.

Un policier secoua à nouveau Joël et répéta :

— Vous avez agressé ce monsieur ?

Joël se rapprocha du visage du policier, et hurla tout d'un coup :

— Comment va-t-elle ?

Le policier le regarda et ne répondit rien. Joël se colla contre le visage du policier, et hurla une nouvelle fois :

— Comment va-t-elle ?

Le second policier se dirigea mollement vers les ambulanciers, et discuta quelques secondes avec eux. Il revint vers Joël, et lui dit :

— D'après l'infirmier, son cœur battait à un rythme normal, et elle semblait respirer normalement. Il pense qu'elle n'est pas trop atteinte.

Joël le regardait, incrédule, et lui demanda de répéter ce qu'il venait de dire, ce que fit le policier. Les yeux du garçon s'embuèrent de larmes.

Il esquissa un sourire de soulagement, son corps se détendit tout d'un coup. Sous l'effet de l'émotion, il eut l'impression qu'un brouillard l'enveloppait, son regard se troubla, il essaya de se contrôler, mais il s'évanouit entre les deux policiers et s'écroula sur le sol.

17

Quand il reprit conscience, Joël était allongé dans l'ambulance, sur un brancard, entouré d'infirmiers et de policiers. Un brancardier lui tapotait la joue, et, voyant ses yeux s'ouvrir, lui dit :

— Alors, jeune homme, on se sent mieux ?

Joël répondit d'une voix faible :

— Comment va-t-elle ?

Le brancardier lui expliqua que Clotilde était maintenant prise en charge par les urgences de la clinique des Franciscaines, et qu'il serait possible d'en savoir plus dans une heure ou deux. Il fut interrompu par un policier, qui, sur un ton comminatoire, interpella Joël :

— Pourquoi avez-vous agressé le motard ? Vous savez que vous risquez des ennuis ?

Joël trouva la force d'esquisser un sourire :

— Vous avez raison, Joël risque de gros ennuis pour un coup de poing. Pauvre ferrailleur, il va avoir de gros ennuis, le pauvre ferrailleur !

Heureusement, le motard, lui, ne risque rien. Ouf ! Bon motard, va, dors tranquille, tout va bien pour toi !

Le policier s'énerva :

— Vous reconnaissez le geste de violence que vous avez eu envers le motard ? Quant à vos commentaires, vous les gardez pour vous.

Le sourire de Joël s'élargit. Ce que disait le policier ne l'effleurait même pas. En revanche, il imaginait Clotilde, entourée de médecins, rouvrant les yeux et leur offrant son sourire angélique. À cette idée, son visage s'illumina un peu plus, et il répondit au policier :

— Vous savez, Monsieur la Police, la seule chose qui compte, c'est qu'elle s'en sorte. Pour moi, désolé, c'est la seule chose qui compte. Pour le motard, écrivez ce que vous voulez sur votre carnet, faites-moi condamner à la perpétuité, je m'en moque complètement. Oui, j'aurais voulu le tuer, oui, j'aurais aimé le tuer, oui, je mérite la perpétuité ! Pourquoi pas la mort, d'ailleurs ! Écrivez, Monsieur la Police, écrivez !

Joël sortit de l'ambulance, remis sur pied au moyen d'une piqûre administrée par un infirmier.

La rue du Maréchal de Lattre était à peu près vide, et avait retrouvé son aspect normal. Il n'y avait plus ni motard ni moto, les élèves et leurs parents étaient rentrés chez eux pour le déjeuner, les dirigeants de Saint-Jean de Béthune, qui étaient sortis quelques instants en entendant les cris, avaient réintégré le collège.

Il n'était pas question, pour Joël, de rejoindre le Paquito pour retrouver son ami. Il était d'ailleurs convoqué au commissariat de police à 14 h 30 pour un interrogatoire précis sur ce qui s'était passé. Il avait simplement demandé aux policiers de ne pas être convoqué en même temps que le motard, car, leur avait-il dit, il risquait à sa vue de ne pouvoir se contrôler, et de ne pas maîtriser une envie incompressible de lui « éclater le portrait ». Ce point avait été consciencieusement noté par le policier, qui lui avait dit :

— Vous aggravez votre cas, ça pourra être retenu contre vous.

Joël l'avait fixé de façon insolente, et avait répliqué :

— Pour aggraver mon cas, notez ça : de temps en temps, ça me prend : quand je vois un policier, j'ai envie de lui casser la tête. La nuit, d'ailleurs, je rêve souvent que je tabasse un policier. C'est bizarre, non, vous expliquez ça comment ?

Et il avait ajouté aussitôt :

— Vous savez, je ne dis pas ça pour vous, surtout pas, je vous dis simplement ce qui me passe de temps en temps par la tête.

Il ajouta encore :

— Tiens, vous ne notez pas ? Pour moi, c'est une faute professionnelle, vous aggravez votre cas, mon vieux.

D'un air furieux, le policier lui dit :

— Maintenant, je ne veux plus vous entendre, sortez immédiatement de l'ambulance.

Il le poussa dehors sans ménagement.

Joël marchait de façon mécanique vers le centre de Versailles. Il était complètement perdu. Il avait l'impression que sa vie était en train de basculer, et que tous ses repères étaient en train de s'écrouler. Il ne savait même pas comment faire pour avoir des nouvelles de Clotilde. Il ne savait vraiment plus quoi faire. Machinalement, il emprunta la rue des Missionnaires, et se dirigea vers la rue Sainte-Sophie. Il voulait revoir la maison des parents de la jeune fille, qu'il aperçut bientôt. En s'en approchant, il vit en sortir la mère de son amie, soutenue par sa fille Marie. Il courut précipitamment vers elles, et leur demanda, sans même leur dire bonjour :

— Comment va-t-elle ?

Ce fut Marie qui lui répondit :

— Les nouvelles ne sont pas très bonnes, Clotilde est dans le coma, et nous filons à la clinique.

Le visage de Joël exprima d'abord l'incrédulité, puis la stupéfaction. Le garçon devint hagard, et son visage pâlit à un point tel que la mère de Marie crut qu'il allait avoir un malaise. Voyant cela, elle le fixa d'un air triste, et lui dit :

— Laissez-nous votre numéro de téléphone dans la boîte aux lettres, nous vous donnerons des nouvelles dans la soirée, c'est promis.

Joël regarda s'éloigner la mère et la fille, qui montèrent dans leur voiture et démarrèrent précipitamment. Il titubait, sous le choc de ce qu'il venait d'apprendre. Il s'appuya contre le mur d'un immeuble, et évita l'évanouissement en s'asseyant sur l'escalier de son entrée.

Joël sortit du commissariat de police. L'interrogatoire s'était très mal passé. Le policier qui l'avait questionné le considérait manifestement comme le coupable unique du drame du matin. Cela, Joël ne pouvait l'admettre, et ne mâcha pas ses mots. Le policier indiqua que plusieurs témoins avaient bien confirmé que le motard avait grillé un feu rouge, mais que si Joël était interrogé, c'était à cause de son agression contre le conducteur de la moto. Le malentendu entre les deux hommes était total : tant que le policier ne dirait pas que le motard était un chauffard criminel, Joël refuserait de reconnaître qu'il avait agressé ce dernier. Le policier conclut par un laconique :

— Vous risquez d'être convoqué au tribunal, et cela peut vous coûter cher.

Joël l'avait fixé de ses yeux devenus d'une dureté d'acier :

— Une jeune fille est au bord de la mort, et vous osez dire ça !

Il était sorti du commissariat en claquant de toutes ses forces la lourde porte sécurisée.

Pendant l'interrogatoire, Joël avait entendu le vibreur de son portable. Il le sortit de sa poche.

Un sms clignotait. Il ouvrit le message et lut : « *Clotilde ne va pas bien. Veillée de prière pour elle, à l'église Sainte-Jeanne d'Arc, à 19 heures. Marie* »

18

Joël arriva à l'église Sainte-Jeanne d'Arc quelques minutes avant 19h. Il y pénétrait pour la première fois de sa vie, et fut surpris par son aspect intérieur, assez inhabituel. L'église, pourtant de vastes dimensions, était déjà bien remplie, et des groupes entiers franchissaient la grande porte du fond à flot continu. Il aperçut, assise dans les premiers rangs, la famille de Clotilde au grand complet, plongée dans ses pensées et ses prières. Le silence était impressionnant, et les nouveaux arrivants s'installaient dans la discrétion pour ne pas le troubler.

L'organiste se mit à jouer, de façon très douce, un morceau de musique rehaussant encore le calme et la sérénité qui se dégageait de l'église. Lorsqu'il s'arrêta de jouer, celle-ci était remplie. Un jeune chanteur s'était installé au micro, sur le côté droit de l'autel. Une porte s'ouvrit sur le côté : une cloche teinta, et pénétra dans l'église une procession imposante de jeunes enfants de chœur, suivis de trois prêtres. Au même moment, l'orgue et le chanteur entamèrent un chant qu'il était possible de suivre sur un écran géant, repris par toute l'assemblée, et dont les paroles frappèrent Joël :

Jérusalem, Jérusalem, quitte ta robe de tristesse
Jérusalem, Jérusalem, chante et danse pour ton Dieu.

Ainsi, au moment où Clotilde était entre la vie et la mort, une assemblée tout entière chantait qu'il fallait « quitter sa robe de tristesse » : Joël en eut les larmes aux yeux. À la fin du chant, l'un des prêtres, qui ne devait pas avoir plus de 30 ans, et qui s'était installé, debout, derrière l'autel, prit la parole :

— Mes chers frères et sœurs, nous voici réunis, ce soir, pour accompagner par la prière le moment douloureux que vivent Clotilde, sa famille, tous ses proches, tous ses amis, qui ont voulu que soit organisée une messe pour demander à Dieu de la garder et de la protéger. Je vois, parmi vous, tous ceux qui, de près ou de loin, ont été amenés à connaître cette jeune fille. Tous ceux qui l'ont côtoyée savent à quel point elle a toujours consacré sa vie à aider les autres. Ses multiples activités familiales, paroissiales, associatives, universitaires démontrent, plus qu'amplement, qu'elle mérite le qualificatif que saint Paul attribuait à ses frères et sœurs dans la foi, le qualificatif de "sainte". Demandons maintenant au Seigneur d'apporter son secours à Clotilde, à sa famille, à tout son entourage, selon Sa volonté.

Joël n'avait pas perdu un mot de ce que venait de dire le prêtre. Il découvrait un monde inconnu de prière ardente, d'amitié authentique, de beauté dans les sentiments. Ce monde lui était étranger, mais le touchait en profondeur, sans qu'il puisse s'en expliquer la raison. Il ne put s'empêcher, une nouvelle fois, d'évoquer son passé, et de le comparer avec ce qu'il vivait aujourd'hui. Une nouvelle fois, il eut l'impression que son cœur allait exploser.

Il avait beaucoup de difficultés à comprendre le déroulement de la messe, qui était pour lui, une cérémonie inconnue. Il n'en suivait pas moins la progression avec une attention extrême. Après le sermon du prêtre, axé sur la souffrance qu'il fallait accepter, puisque le Seigneur avait, lui aussi, infiniment souffert pour sauver le monde, Joël fut subjugué par une très jeune soliste qui interpréta un magnifique chant traditionnel, sur fond harmonieux d'orgue. Il eut l'impression de revivre le concert du théâtre Montansier, mais dans une église cette fois, et sans Clotilde.

En dépit de ses difficultés de compréhension, Joël, à sa façon, participait à cette messe. Lorsqu'il vit une grande partie de l'église s'agenouiller au moment où le prêtre élevait une hostie, il se courba machinalement, pour se mettre en adéquation avec l'assistance, sans savoir ce qu'il faisait vraiment.

Pendant la communion, qui sembla à Joël durer un temps infini, une voix très pure, venant de la tribune à côté de l'orgue, interpréta en latin un chant d'une grande beauté. Joël écoutait, fasciné. En pensant que Clotilde l'avait entendu brailler, sur la place d'Armes, des paroles inaudibles sur un air tout aussi inaudible, il éprouva une honte soudaine, et il comprit pourquoi celle-ci lui avait dit, avec son plus charmant sourire, qu'elle trouvait que ce qu'il chantait était « nul et archinul ».

Le jeune prêtre conclut ainsi la messe :

— Allez dans la paix du Christ, gardez l'espérance, ne soyez pas tristes, et continuons à prier tout au long de cette semaine pour notre Clotilde.

Joël crut percevoir de l'émotion dans la voix du prêtre. Accompagné par l'orgue, le chanteur entonna gravement un *Salve Regina*, repris par toute l'assemblée. La procession des prêtres et des enfants de chœur s'ébranla, traversa toute l'église et rentra dans la sacristie. Dans le silence et la dignité, l'église se vida, et Joël traversa le parvis, encombré d'amis de Clotilde et de sa famille, qui se saluaient et se parlaient.

Joël sortit son téléphone portable de sa poche, et composa le numéro fixe de son domicile. Sa mère décrocha.

— Bonsoir, maman, est-ce que vous avez commencé à dîner ?

Sa mère marqua un temps de silence : le ton de son fils était inhabituel, sa demande incompréhensible, car Joël ne dînait à peu près jamais chez lui et ne prévenait jamais de ses intentions. Elle répondit :

— Écoute, nous allons dîner dans cinq minutes.

— Pouvez-vous m'attendre ? demanda Joël.

— Bien sûr, nous t'attendons, lui dit sa mère, qui raccrocha.

Elle regarda le mur qui était devant elle pendant un long moment, perdue dans ses pensées.

19

Joël ne disait rien. Il écoutait son père et sa mère parler de leur journée. Il regardait son petit frère et sa petite sœur. Il réfléchissait. Il se sentait comme vidé de l'intérieur. Il avait perdu toute agressivité vis-à-vis de sa famille mais il avait aussi perdu son tonus habituel. Il avait le sentiment que son cœur était cassé, que son esprit était anéanti, que son corps était devenu flasque. Pourtant, il écoutait avec attention la discussion familiale. Ses parents, par moment, s'interrogeaient du regard, puis le regardaient pour essayer, sans succès, de comprendre ce qui se passait. Joël fut reconnaissant qu'ils ne lui posent aucune question : il aurait été incapable d'y apporter une réponse.

Vers la fin du dîner, sa petite sœur se tourna vers lui, et lui demanda :

— Jo, tu fais bien un concert demain soir, à Vélizy ?

Joël répondit avec un sourire empreint de tristesse :

— Tu vois, je crois que je vais me décommander, parce que nous ne sommes pas du tout prêts pour jouer demain.

Il n'en dit pas plus, mais ses deux parents se regardèrent une nouvelle fois, de plus en plus surpris. À la dérobée, le père de Joël observa longuement son fils. Il souffrait profondément de la situation dans laquelle s'était mis Joël, mais ne voyait aucun moyen de l'aider, tant son fils refusait toute discussion et se montrait particulièrement agressif en toute occasion. Ce soir, il avait l'intuition que l'atmosphère était différente, mais il se sentait bien incapable d'expliquer pourquoi.

À la fin du dîner, Joël ne partit pas sans un mot, comme il le faisait habituellement les rares fois où il dînait chez lui. Il débarrassa la table avec son frère et sa sœur, participa au rangement de la cuisine, et, lorsque tout fut fini, regarda chacun de ses parents en leur disant successivement un « au revoir papa, au revoir maman », et en s'excusant de repartir si vite dans sa chambre : il était vraiment très fatigué, et voulait se coucher tout de suite.

Lorsque, quelques minutes plus tard, la mère de Joël passa devant la porte de la chambre de son fils, elle constata qu'aucune lumière ne filtrait. Son fils avait bien éteint sa lumière, et s'était donc bien couché. Elle en fut étonnée, tant cela était inhabituel. Ainsi, Joël, ce soir, ne visionnait pas sur son ordinateur ses films de prédilection ? Décidément, il s'était passé quelque chose, mais elle ne savait quoi.

Ce soir-là, discutant dans le salon avec son mari, elle eut l'impression que le poids permanent qui lui écrasait le cœur s'était quelque peu allégé. Elle lui en fit part, sans lui en donner la raison. Celui-ci la regarda avec affection, et lui dit :

— C'est curieux, c'est exactement la même chose pour moi.

Joël s'était couché. Cela faisait sans doute plusieurs années qu'il ne s'était couché si tôt. Normalement, il n'était jamais chez lui à cette heure-là. Les rares fois où il y était, il s'enfermait immédiatement dans sa chambre, ouvrait son ordinateur et enchaînait ses films favoris. Ce soir, il n'en était pas question. Il n'y pensa d'ailleurs même pas. De façon obsessionnelle, les images des derniers jours passaient en boucle dans sa tête, et atteignaient par ricochet son cœur oppressé. Il ne pouvait se défaire de l'image de Clotilde, allongée aux urgences de la clinique des Franciscaines, entourée de médecins qui s'agitaient pour la faire sortir de son coma. Allongé sur le dos, il fixait, immobile, un plafond qu'il ne pouvait voir puisqu'il était dans le noir. Que deviendrait la jeune fille ? Et lui, qu'allait-il faire demain, les jours suivants, les mois à venir ? À ces questions, qu'il abordait pour la première fois, il n'avait aucune réponse, et tout cela l'écrasait. Il se remémora soudain le dîner de tout à l'heure, familial, sans conflit, et c'est en y pensant qu'il tomba dans un sommeil profond.

Joël était écrasé par le sommeil. Lorsque son portable sonna, sa main le prit à tâtons sur la table de nuit. Le noir était total, et Joël ne savait pas l'heure qu'il était. Puisque quelqu'un l'appelait en pleine nuit, ce devait être un ou une de ses amis « du soir ». Il pensa tout d'abord ne pas répondre, mais appuya machinalement sur la touche verte. Il entendit une voix féminine qu'il eut l'impression, tout d'abord, de ne pas connaître :

— Je crois que j'ai une bonne nouvelle à t'annoncer : Clotilde est sortie du coma, et a dit quelques mots.

Joël sortit de son lit d'un bond, faisant tomber sa table de nuit : tout ce qui était dessus s'écrasa sur le sol dans un bruit de tonnerre.

— Que dis-tu, tu peux répéter ?

Marie, car c'était elle, répéta ce qu'elle venait de dire. La voix de Joël s'étrangla. Il eut le temps de dire « merci », laissa tomber son portable sur le tapis, se jeta sur son lit et enfouit sa tête entre ses mains.

20

Dans sa chambre blanche de la clinique des Franciscaines, Clotilde était allongée dans son lit. Son visage était d'une pâleur effrayante, encadré par ses si beaux cheveux blonds, qui se répandaient sur son oreiller de façon éparse. Son regard avait perdu sa luminosité habituelle. Une bande très large lui enserrait le cou et remontait sur sa nuque, enrubannant le haut de sa tête.

Bien qu'il ne soit que onze heures, en ce samedi matin qui suivait de quelques jours l'accident de Clotilde, toute sa famille entourait son lit : ses parents, et ses cinq frères et sœurs. Les visites n'étaient normalement acceptées qu'à partir de quatorze heures, mais le père de la jeune fille connaissant plusieurs chirurgiens ou médecins de la clinique, la famille avait obtenu la permission exceptionnelle de venir plus tôt.

Les médecins avaient conseillé de ne pas fatiguer la malade, qui avait le plus grand besoin d'un repos complet. Sortie de son coma assez vite après l'accident, Clotilde se sentait vivre dans une atmosphère embrumée, dans laquelle il lui semblait que son cerveau réagissait avec retard, et que son langage, de ce fait, était lent et pauvre. Elle avait donc demandé à sa famille de parler lentement et doucement, ce que chacun s'efforçait de faire. Marie lui avait alors répondu :

— Je vais te parler comme si tu étais une vraie "neuneu", ce qui ne changera rien à mes habitudes.

Puis elle avait ajouté, lentement et gravement :

— Tu as compris ce que je viens de dire, ou faut-il que je le répète ?

Le père de famille avait cru bon d'intervenir :

— Marie, il y a des jours où tu n'es pas très drôle.

Clotilde avait répondu très faiblement :

— Mais non, mon cher papa, son humour me fait tellement de bien !

La petite dernière regardait tristement sa grande sœur.

— Tu vas t'en sortir ? lui demanda-t-elle.

— Bien sûr, répondit Clotilde, dans quinze

jours, je gambaderai partout !

Sa mère intervint :

— N'exagérons pas, tout de même, n'oublie pas que tu as une fracture du crâne, et que ça ne se soigne pas en claquant des doigts. Le docteur a accepté que tu reviennes à la maison dans une dizaine de jours, mais il te faudra un repos complet jusqu'à la mi-juillet, au moins.

Baudoin demanda si cela remettait en cause les projets de grandes vacances. Le père répondit que les vacances auraient lieu comme prévu, mais que Clotilde devrait mener une vie la plus calme possible, et cela pendant plusieurs semaines.

La mère de famille sortit de son sac une grosse enveloppe marron, qu'elle déposa sur le lit :

— Tiens, c'est pour toi, de la part de Joël Ferray.

— Fiancé-le-retour ! Yahou ! dit Marie en riant.

Elle ajouta :

— Il n'a pas de chance, le pauvre garçon, avec sa future ! Déjà malade ! Pas drôle, les fiançailles !

— Marie ! ne put s'empêcher de dire le père, d'un air réprobateur.

Clotilde s'empara de l'enveloppe, et fit un effort considérable pour essayer de lire le petit texte que Joël avait écrit à son intention. N'y arrivant pas, elle tendit l'enveloppe à sa mère et lui demanda de lire ce qui était écrit. Sa mère lut le message suivant :

« Chère Clotilde, tu trouveras dans cette grande enveloppe trois petites enveloppes numérotées. Dans chaque enveloppe, une lettre. Il faut que tu les lises dans l'ordre. La première est une lettre que je t'adresse, à toi ! La seconde est la copie d'une lettre que j'adresserai lundi à mes parents. La troisième s'adresse à Luc et Louis. Je te réécrirai très vite, et je t'embrasse très fort. Signé : le ferrailleur. »

Clotilde ouvrit difficilement la grande enveloppe, en sortit les trois petites enveloppes annoncées, garda dans sa main celle qui portait le numéro un, l'ouvrit et en sortit une longue lettre qu'elle demanda à son père de lire. Marie intervint aussitôt :

— Et si ça n'est pas pour nous ? Tiens, les gamins, je vous offre un jus d'orange à la cafétéria !

Les parents n'eurent pas le temps de répondre :

Marie et sa petite troupe partaient déjà en riant.

Le père de Clotilde déplia la lettre, et en commença la lecture :

« Chère Clotilde,

Je ne t'ai pas rendu visite à la clinique pour ne pas te fatiguer, mais je sais par ta sœur, qui m'envoie régulièrement des SMS, que tu vas beaucoup mieux. Tu ne peux savoir à quel point cela me fait plaisir.

Je veux que tu saches que jamais personne n'a eu autant d'influence sur moi que toi, en un temps si court. Quand je pense que tout a commencé par ma lamentable exhibition de la place d'Armes, il y a quelques semaines... J'en tire une leçon : même lorsque l'on fait des choses archinulles (!!!), il peut en sortir du bien... Et même plus : si je n'avais pas fait ce spectacle que tu as tant aimé, nous ne nous serions jamais connus !

Tu m'as ouvert les yeux sur un esclavage que je me suis créé, que je ressentais au fond de moi, mais que je me refusais à reconnaître clairement : mon addiction à la violence et autres cochonneries, par ordinateur ou iPhone, au choix. En faisant ta connaissance et en discutant avec toi, je me suis aperçu que j'avais une vision des femmes totalement fausse et dévoyée. Je pensais que le relationnel féminin que je m'étais créé correspondait au seul relationnel féminin possible : fréquenter des femmes dont la seule vraie utilité était pour moi, pour Luc, pour Louis, et pour tous les hommes, leur participation à nos nuits de beuveries. Je te rencontre, et je m'aperçois qu'il existe un relationnel féminin bien différent ! De cela, je ne sais comment te remercier.

J'ai pris des décisions importantes, et je veux que tu les connaisses. Tout d'abord, j'ai utilisé ton conseil : j'ai bloqué l'accès de mon ordinateur et de mon téléphone portable aux sites violents ou pornographiques, grâce à un logiciel de protection vraiment efficace. Ensuite, j'ai organisé mon activité pour les mois qui viennent. J'ai décidé, sur les conseils d'un ancien ami de Saint-Jean de Béthune, que je n'avais pas vu depuis des années, de parcourir les chemins de Saint-Jacques de Compostelle. Je vais partir du Puy, et vais marcher presque 2 000 km jusqu'à Saint-Jacques. Je n'emporterai pas mon téléphone portable, pour être vraiment coupé du monde, et me refaire une santé physique et morale... Après cela, je suis attendu dans une abbaye, dans les Pyrénées, qui va m'accueillir pendant plusieurs mois comme homme à tout faire. Je n'aurai aucun salaire, mais je serai nourri et logé pendant toute cette période ! Je passe de la ferraille à l'agriculture, je deviens écolo ! Une vie de roi ! Après cela, je verrai bien !

Je t'écrirai dans un mois ou deux pour te donner de mes nouvelles. Il paraît que dans les gîtes des chemins de Saint-Jacques, il existe parfois la possibilité d'utiliser un ordinateur. Je le ferai alors pour écouter une certaine Ballade de Chopin qui a été pour moi un déclic puissant.

Voilà, chère Clotilde, ce que je voulais te dire. Remets-toi le plus vite possible : ton entourage, ton environnement ont tant besoin de toi !

Je t'embrasse très fort, et je me permets de répéter ce qu'a dit le jeune prêtre de ta paroisse, lors de la veillée de prière organisée pour toi : "Que Dieu garde et protège notre Clotilde." »

Tout au long de la lecture de la lettre faite par son père, la jeune fille semblait comme assoupie. Elle avait fermé les yeux, et ne bougeait plus.

Son père, qui la connaissait si bien, savait qu'elle ne dormait pas. Bien au contraire. Il savait que sa fille était totalement concentrée, et réfléchissait sur chacun des mots écrits par Joël. Après un temps de silence, Clotilde ouvrit les yeux, esquissa un sourire et demanda à son père de lui lire la deuxième lettre, qu'elle lui tendit. Ce dernier s'exécuta :

« Mes chers parents, il y avait bien longtemps que je ne vous avais écrit... Aujourd'hui, j'ai des choses importantes à vous dire, et sachez que j'ai pesé chaque mot de cette lettre.

Depuis très longtemps, vous avez essayé de me faire comprendre que mon mode de vie ne vous convenait pas, ne me convenait pas, et que ma passion pour la musique actuelle ne menait nulle part. Pourtant, lors de ma prestation lamentable de la place d'Armes, il y a quelques semaines, il a été mis sur ma route une sorte d'ange gardien, qui a bousculé ma vie. Vous aviez raison de ne pas aimer ma musique, mais vous avez eu un tout petit peu tort, car sans elle, pas d'ange gardien !

En quelques jours, et en quelques discussions avec Clotilde, j'ai découvert ce que pouvait être la beauté d'un cœur pur, tourné vers les autres, fortifié par une famille unie et aimante. Pourquoi notre famille n'a-t-elle pas pu créer un semblable climat ? Je dois vous le dire franchement : c'est à cause de moi. En fait, vous avez fait le maximum pour me dissuader de mener la vie que j'ai menée. Je n'ai pas su vous écouter, je vous ai fait souffrir, je n'ai pas su m'occuper de mes frère et sœur, j'ai perdu mon temps, je me suis entouré de relations infréquentables. Tout cela, je viens de le comprendre, et je vous en demande pardon.

Vous avez dû remarquer que ma chambre est magnifiquement rangée. Je vais vous quitter quelque temps, en marchant tout d'abord sur les chemins de Saint-Jacques de Compostelle (environ 2 000 km de marche !), puis travaillant quelques mois dans un monastère (là, je ne serai pas payé, mais je serai nourri et logé...). Peut-être vais-je devenir Saint Ferrailleur, et ce sera grâce à vous, car vous avez su préparer le terrain, un terrain bien ingrat, certes, mais vous y êtes arrivés !

Je pense que cette petite année sabbatique devrait me faire le plus grand bien. Je suis complètement décidé à changer de vie. Lors de mon retour à la maison, si vous acceptez que je revienne, je crois que vous me trouverez vraiment changé, Joël va vous étonner !

Mes chers parents, soyez sûrs que je vous aime, et que je vous retrouverai dans la joie et le bonheur. Je vous embrasse très fort, vous et les deux "petits".

Votre Joël. »

Durant toute la lecture de cette deuxième lettre, Clotilde avait de nouveau fermé les yeux, et son visage exprimait une gravité qui n'échappa pas à ses parents. Sans dire un mot, et les yeux toujours fermés elle tendit la troisième lettre à son père, qui se mit à la lire instantanément :

« Chers Luc et Loïc,

Je voudrais tout d'abord m'excuser auprès de vous pour avoir séché nos répétitions, et pour avoir fait annuler nos concerts de Vélizy et de Bois-d'Arcy. Je pense, honnêtement, que j'aurais été incapable de chanter.

Vous l'avez bien compris : la vie que je menais a été brusquement brisée en 10 000 morceaux par une jeune fille que je ne connaissais pas, et qui m'a complètement retourné.

Pour être très honnête, je pense que vous aussi, vous avez été retournés, que ce soit par notre promenade en barque ou par le concert du théâtre Montansier. Soyons honnêtes jusqu'au bout : entre notre "concert" de la place d'Armes et le récital de piano de Clotilde, je crois que nous ne pouvons plus utiliser le même mot "concert" pour ces deux prestations... Vrai ou faux ?

J'ai pris la décision d'arrêter de chanter, et même d'arrêter la musique que nous faisons. Je ne suis pas du tout indispensable, et vous trouverez facilement quelqu'un pour me remplacer si vous souhaitez poursuivre.

Je vais également quitter Versailles pour de longs mois. Il m'a donc semblé utile de faire les comptes. Nous avions environ 13 000 euros en caisse. Je vous propose que chacun d'entre vous en prenne 5 000. En ce qui me concerne, 3 000 euros me suffiront largement pour les mois à venir.

À partir de maintenant, je n'ai plus de téléphone portable ni d'ordinateur. Si vous souhaitez me joindre, vous pouvez m'envoyer des mails, car je regarderai ma messagerie de temps en temps, lorsque j'aurai la possibilité d'utiliser un ordinateur.

Voyez-vous, les amis, je vais me "désesclavager" de toutes ces horreurs que je regardais en permanence. Je pensais que ce serait impossible, mais Clotilde m'a poussé à le faire et je m'aperçois que cela est tout à fait possible. Si vous saviez à quel point je me sens désormais libre... Je rêverais que, dans un prochain mail, vous me disiez que vous avez fait la même chose...

Le grand Jo Ferraille, le rocker sublime de la place d'Armes, va vous faire une dernière demande, et vous donner un dernier conseil : emmenez le plus souvent possible Clotilde en barque sur le Grand Canal, et écoutez-la. Un "der des der" de conseil : construisez des amitiés belles et solides tout en vous séparant de vos relations actuelles, qui vous mènent droit dans le mur ! Ce n'est pas un ordre, c'est un conseil !

Jo Ferraille, l'immense chanteur de la place d'Armes, vous embrasse. À dans des mois, peut-être !

Joël. »

Le père de Clotilde avait fini la lecture de la lettre. Il leva les yeux vers sa fille, et s'aperçut qu'elle était en larmes. Il se pencha doucement vers elle et lui dit :

— Clotilde, pourquoi pleures-tu ? Tu vois bien que ce garçon, grâce à toi, a étonnamment bien évolué en quelques semaines, et qu'il essaie même de convaincre ses musiciens d'évoluer comme lui. N'est-ce pas magnifique ?

Clotilde ne put ouvrir la bouche. Elle étouffa un sanglot, et ses larmes redoublèrent d'intensité. Au bout de plusieurs longues minutes, elle arriva à murmurer :

— Au-delà de ces trois garçons, je pense à toute cette jeunesse massacrée par la pornographie, et quel massacre ! Quand on sait où cela mène, à la violence, à la prostitution, à la drogue, à la mort, pour le plus grand profit des industriels de cette cochonnerie… et tout cela avec la complicité de la société tout entière, qui…

Elle n'acheva pas sa phrase, et fut secouée de sanglots qu'elle ne put maîtriser.

La porte de la chambre s'ouvrit soudain, poussée par Marie, suivie par toute sa petite bande. Alban prit la main de sa grande sœur et lui demanda :

— Pourquoi pleures-tu ?

Marie, caressant affectueusement les cheveux de sa sœur, répliqua aussitôt :

— C'est à cause de papa, qui vient de lui donner trois coups de poing sur le nez.

Clotilde esquissa un sourire, mais son visage reflétait une telle tristesse que plus personne ne dit rien. Sa mère lui essuya délicatement le visage, et c'est dans le silence que se prolongea ce moment de communion familiale.

21

Joël marqua un arrêt. Il était arrivé au sommet d'une colline, qui était manifestement le point culminant de toute la région. Le paysage qui se déployait sous ses yeux, sur 360 degrés, était d'une rare beauté. Au nord, les contreforts du Massif central, dominé par la chaîne des Monédières. D'est en ouest, en passant par le sud, des collines descendaient en pente douce vers l'horizon lointain. Le tableau qui se présentait à Joël était incomparable. Juché sur une sorte de petit rocher, le jeune homme contemplait en silence le panorama.

Il s'était levé vers 4 heures du matin, et avait quitté son gîte après un petit déjeuner frugal, rapidement avalé. Il avait décidé de faire une étape de 35 km, lui permettant d'atteindre dans l'après-midi la célèbre petite ville de Conques, étape attendue avec impatience par tous les pèlerins marchant sur les chemins de Saint-Jacques.

Depuis le lever du jour, il ruminait la vie qu'il avait menée durant ces dernières années, et surgissaient sans cesse dans ses pensées sa famille, qu'il avait tant fait souffrir, et Clotilde, qui l'avait tant aidé. Dans le premier gîte dans lequel il avait couché, contre la basilique du Puy-en-Velay, le responsable, avec lequel il avait longuement discuté, lui avait dit :

— Tu verras, dans quelques jours, tu ne cesseras de revisiter ta vie, et cela se terminera par un océan de larmes !

Joël avait répondu du tac au tac :

— C'est normal, je m'appelle Jo Lafontaine, de l'eau partout, je connais ça ! Ça coule, ça coule, ça coule.

Son interlocuteur avait haussé les épaules, trouvant sans doute puérile sa réponse, et avait quitté la pièce d'un air contrarié.

Assis sur son rocher, contemplant la nature merveilleuse qui s'offrait à son regard, il entendit soudain des voix venant derrière lui. En se retournant, il vit arriver deux jeunes filles, marchant à vive allure, parlant et riant. Elles s'arrêtèrent près de lui, le saluèrent avec un gentil sourire, et s'extasièrent aussitôt devant la beauté du paysage.

— Il faut que l'on pique-nique ici, dit l'une d'elles, l'endroit est magique.

Elles s'assirent sans tarder dans l'herbe, et sortirent de leur sac à dos des sandwiches et des fruits.

— Voulez-vous pique-niquer avec nous ? demanda l'une d'elles à Joël, toujours juché sur son rocher.

Celui-ci, assez gêné, leur expliqua qu'il n'avait pas de pique-nique, mais seulement une petite bouteille d'eau... Les deux jeunes filles éclatèrent de rire, grimpèrent à sa hauteur et posèrent sur ses genoux un sandwich au jambon et une pomme.

— Il nous coûte cher, ce monsieur, dit l'une des marcheuses d'un air malicieux, mais au moins, on lui aura sauvé la vie.

Une discussion s'enclencha entre les trois jeunes gens : où allez-vous, vous êtes partis d'où, avez-vous des ampoules, etc. De fil en aiguille, Joël fut mis sur la piste de ce qu'il avait vécu toutes ces dernières semaines. Il parla de lui, de son addiction à la violence et à la pornographie, de sa famille, de son évolution récente, de son départ sur des chemins de Saint-Jacques. Il ne savait pas pourquoi il racontait tout cela, mais il le racontait. Un pèlerin lui avait dit un soir :

— Sur le chemin, on fait des rencontres incroyables : au bout d'une heure de marche commune, on parle librement de tout, comme si l'on se connaissait depuis vingt ans !

Les deux jeunes filles écoutaient en silence. Joël sentait l'émotion le gagner, jusqu'à ce que, d'un seul coup, les larmes jaillissent de ses yeux. Il se souvint alors de ce que lui avait dit le responsable du gîte du Puy-en-Velay :

— Tu verras, dans quelques jours, tu ne feras que revisiter ta vie, et cela se terminera dans un océan de larmes !

Ce que le responsable du gîte ne savait pas, c'est que cela se passerait devant de jeunes inconnues. Joël était d'autant plus gêné qu'il n'arrivait pas à maîtriser son émotion, et qu'il se trouvait ridicule de pleurer de la sorte en public. Il s'efforça de bredouiller quelques mots d'excuse. L'une des deux jeunes filles lui dit avec une grande douceur :

— En nous racontant tout ce que tu nous as dit, tu as fait preuve d'une grande confiance envers nous, et nous t'en remercions. Tu sais, chacun d'entre nous porte des choses très lourdes et la meilleure façon de les rendre plus légères est de les confier aux autres. Ce soir, nous serons à l'abbaye de Conques, et nous assisterons à la dernière messe du soir. Je te promets que nous prierons pour toi, et que nous confierons tout cela au Seigneur.

Joël avait quitté les deux jeunes filles, qui avaient décidé de faire une longue pause pour profiter le plus longtemps possible de l'incroyable paysage qui se déroulait sous leurs yeux. Il amorçait bientôt sa descente vers Conques, à travers des chemins fleuris, dans une solitude complète. Parfois, une percée, à travers un mur végétal dense, permettait à son regard de contempler à perte de vue le paysage qui s'offrait à lui à l'infini, et dont la beauté était saisissante. Des pans entiers de son existence se bousculaient dans sa tête, dans le plus grand désordre, et lui arrachaient par moment des larmes et des soupirs. Il comprenait mieux les sanglots fréquents de Clotilde, mais se rendait compte qu'il ne faisait que s'apitoyer sur son propre cas, quand son amie ne versait des larmes que pour autrui. Il mesurait tout ce qui séparait leurs deux attitudes et ce qu'il découvrait sur lui-même ne faisait qu'accentuer sa tristesse et ses larmes.

Les toits de Conques apparurent bientôt aux yeux de Joël. Le petit chemin serpentait en lacets, et offrait des vues ravissantes sur la cité médiévale. Joël pénétra dans la ville, et se dirigea vers la basilique, derrière laquelle se situait l'abbaye dans laquelle il avait décidé de passer la nuit. Il pénétra dans le beau bâtiment qui allait lui servir de gîte, se fit annoncer, déposa son sac à dos puis repartit découvrir la cité. Lorsque les cloches de la basilique commencèrent à sonner, il venait d'y entrer pour la visiter. Il aperçut de nombreux pèlerins silencieux devant l'autel, que des enfants de chœur étaient en train de préparer. Il vit alors entrer dans l'église les deux jeunes filles qu'il avait rencontrées à l'heure du déjeuner. Celles-ci avancèrent vers l'autel, et firent lentement une génuflexion avant de rejoindre leur banc. Il s'installa à son tour sur une chaise, loin derrière elles. Lorsqu'il vit les moines entrer dans le chœur et entonner sur fond d'orgue des chants d'une émouvante beauté, il lui sembla trouver en lui-même une paix et une sérénité dont il n'avait pas l'habitude.

À la sortie de l'église, il attendit les deux jeunes filles qui, le voyant, le rejoignirent en souriant.

— Quel est votre gîte ? leur demanda Joël.

Elles répondirent qu'elles dînaient et couchaient à l'abbaye. Joël leur indiqua qu'il avait fait le même choix et qu'il serait heureux, après le dîner, de leur offrir un verre sur une jolie petite terrasse qu'il avait découverte dans l'après-midi. D'ici là, leur dit-il, il avait quelque chose d'important à faire. Il les salua d'un air mystérieux, fit le tour de la basilique et s'engouffra dans l'abbaye. Il entra dans le petit bureau d'accueil, et demanda à la bénévole qui s'y trouvait s'il était possible de rencontrer immédiatement le prieur de l'abbaye. Quelques minutes plus tard, celui-ci et Joël s'enfermaient dans une pièce. Quand ils en sortirent, deux heures plus tard, le dîner des moines et des pèlerins était déjà terminé.

Joël avait parlé plus d'une heure, sans s'arrêter un instant pour reprendre son souffle. Il avait balayé tous les aspects de sa vie, avait évoqué en détail ces dernières semaines, avait soif de conseils. Lorsqu'il prit la parole, le prieur rebondit sur les discussions que Joël avait eues avec Clotilde, s'attarda longuement sur les notions de bien et de mal que chacun développe plus ou moins en soi. En pointant du doigt un crucifix posé sur sa table, il expliqua à Joël que le fils de Dieu était justement venu sur terre pour aider chaque homme à vaincre le mal : pour sauver les hommes, il en était mort, cloué sur une croix. Si Joël faisait entrer le Christ dans sa vie, celle-ci changerait du tout au tout.

La nuit était d'une douceur extrême. Joël et ses deux nouvelles amies étaient installés sur la petite terrasse qui offrait une vue admirable sur la cité médiévale, dont les éclairages faisaient ressortir le mystère et la magie. En contrebas, dans les ruelles sinueuses et moyenâgeuses, déambulaient des groupes de touristes, de promeneurs, de pèlerins qui, par leur discrétion, accentuaient encore la poésie des lieux.

Joël regardait les deux jeunes filles, qui lui racontaient leur marche du Puy jusqu'à Conques. Elles lui faisaient étrangement penser à Clotilde : même âge, même élégance naturelle, même simplicité authentique, même altruisme, même profondeur de la pensée et des sentiments. En les écoutant, Joël se demandait pour quelle raison il n'avait jamais côtoyé ce genre de personne pendant tant d'années et comprit que son choix de vie avait rendu impossible de telles rencontres. Depuis quelques semaines, il avait eu la chance de s'immerger dans un environnement de relations vraies, d'amitiés belles et pures. Aujourd'hui même, le prieur de l'abbaye avait accepté de le recevoir pendant près de deux heures, et des jeunes filles inconnues avaient accepté de passer une soirée avec lui, autour d'un jus d'orange, dans un endroit inoubliable. Joël le sentait plus que jamais : sa vie était en train de basculer.

Lorsque les deux jeunes filles arrivèrent au récit de la journée les amenant à Conques, l'une d'elles dit simplement :

— Nous avons rencontré, à l'heure du déjeuner, un beau jeune homme, qui a voulu partager avec nous la douleur qu'il portait. Il nous a quittées en pleurant. Lorsqu'il a disparu au détour d'un chemin, nous nous sommes regardées et nous avions le cœur tellement lourd que nous nous sommes mises nous aussi à pleurer.

Alors, une des jeunes filles saisit le pouce de Joël, le tordit et le secoua en disant :

— Ce n'est pas bien, Monsieur, de faire pleurer les filles !

Les trois jeunes gens avaient flâné dans Conques, en attendant de rejoindre l'abbaye. Ils discutèrent de leurs étapes suivantes, et promirent de se revoir.

L'une des deux, fatiguée par sa journée de marche, regagna l'abbaye pour se coucher. Joël et l'autre jeune fille continuèrent de flâner dans les ruelles de Conques bordées de ravissantes maisons anciennes, admirablement mises en valeur par des éclairages nocturnes. Un orage montait : le garçon proposa à son amie de s'installer dans le jardin de l'abbaye pour le contempler.

Assis sur un petit muret, les deux jeunes gens admiraient, fascinés, l'orage qui approchait, les éclairs illuminant de façon fulgurante les collines avoisinantes, et le tonnerre grondant de plus belle. Joël écoutait la jeune fille commenter ce moment unique en évoquant la beauté de la Création, le ressourcement procuré par le chemin de Saint-Jacques, la protection accordée par le Ciel à chacun de ceux qui le demandent, le réconfort quotidien apporté par la Vierge Marie à ceux qui la prient.

Joël écoutait sa nouvelle amie, dont les paroles étaient auréolées par la splendeur des éclairs et le bruit assourdissant du tonnerre. Il découvrait une sorte de nouvelle Clotilde. Il se sentait tout simplement heureux.

Soudain, quelques grosses gouttes de pluie, accompagnées d'un vent puissant, indiquèrent l'arrivée prochaine d'une petite tornade. Les deux jeunes gens retournèrent calmement dans l'abbaye. Ils arrivèrent à proximité des dortoirs. Sans un mot, Joël prit gravement la jeune fille par les épaules, l'embrassa sur les deux joues, et, en s'éloignant vers son dortoir, se retourna et lui dit d'une voix douce :

— Merci, merci encore, et que le grand saint Jacques te garde et te protège !

22

Clotilde se dirigeait à toute allure vers la grille de la Reine. Rue Sainte-Sophie, rue d'Angiviller, rue Sainte-Victoire. Elle s'engouffra boulevard de la Reine, traversa le boulevard du Roi et s'engagea dans la dernière ligne droite qui menait à la grille du parc. Elle pédalait trop vite, elle le savait, mais l'attirance du parc lui faisait accélérer le rythme. Ce n'était pas raisonnable, lui aurait dit son médecin. Elle arriva devant le petit bâtiment du gardien, s'arrêta net, posa son vélo contre un poteau et frappa à la porte. Miguel l'aperçut à travers la lucarne, poussa un grand cri, leva les bras au ciel, et sortit précipitamment :

— Mon ange gardien est de retour ? Alors, il va mieux, mon ange gardien, il s'en est sorti ?

Clotilde marqua son étonnement :

— De quoi parles-tu, comment sais-tu que j'ai eu un accident ?

Miguel prit Clotilde par la main, l'entraîna

dans sa casemate, et lui montra une page du *Petit Versaillais*, placardée sur le mur. Le titre était : « Une jeune Versaillaise entre la vie et la mort ». Suivait un long article, relatant l'accident. Miguel serra le bras de la jeune fille, et murmura :

— Quand j'ai lu ça, j'ai cru m'évanouir.

— Eh, oh, doucement, tu n'es pas une femmelette comme Clotilde, non mais alors ! s'esclaffa la jeune fille qui le prit par les épaules, le secoua et ajouta :

— Il va te falloir supporter encore ton ange gardien !

Elle s'écarta de lui, sortit du petit bâtiment, reprit sa bicyclette et s'éloigna à grande vitesse. Elle entendit au loin Miguel qui continuait à crier :

— À bientôt, mon ange gardien !

Pour que la tradition soit respectée, Clotilde, sans se retourner, continua à agiter son bras jusqu'à ce qu'elle disparaisse dans un virage.

Comme à son habitude lorsqu'elle faisait le tour complet du Grand Canal, la jeune fille piqua sur le petit port. Arrivée devant le Bistrot de la Flottille, elle s'arrêta, posa sa bicyclette contre un arbre et alla s'asseoir sur le petit embarcadère.

Une chaleur intense s'était abattue sur le canal, comme souvent vers la fin du mois de juillet, et le soir qui venait n'apportait aucune fraîcheur. Clotilde aimait cette chaleur lourde, ces couleurs sombres qui semblaient écraser le château et le parc, ces odeurs d'été qu'elle respirait à pleins poumons. Lorsqu'elle avait quitté la clinique des Franciscaines, le chirurgien lui avait indiqué qu'il était impératif qu'elle se repose complètement pendant quatre semaines au moins. En réalité, le repos complet n'avait duré que quelques jours...

Clotilde sortit de sa poche une lettre qu'elle venait de recevoir de Joël. Cette lettre avait été postée de Conques. Le garçon lui racontait en quelques mots sa rencontre avec des jeunes filles, la messe dans la basilique, son entretien avec le prieur de l'abbaye, la soirée sur la terrasse, la montée d'un bel orage, et concluait par ces mots : « Je crois, mon amie, que le Joël nouveau est arrivé ! »

La jeune fille regardait pensivement cette lettre. Elle se remémorait ses conversations avec Joël, et elle se demandait comment et pourquoi celui-ci avait changé si rapidement et si profondément. Elle avait rencontré depuis des années un très grand nombre de garçons et de filles qui pensaient, agissaient, vivaient comme Joël. Avec eux, elle avait eu des discussions passionnées, qui semblaient n'avoir donné aucun résultat. Au contraire, avec Joël, un contact authentique s'était tout de suite établi, fondé sur la franchise, le respect, la bienveillance. Elle percevait chez son ami un trésor caché, qui ne demandait qu'à prospérer. Joël l'avait acceptée telle qu'elle était et réciproquement : chacun pouvait ainsi tirer de leur relation un réel bénéfice.

Une barque, dans laquelle se promenaient quatre étudiants, s'approchait silencieusement de l'embarcadère. Clotilde se souvint alors de son équipée avec les trois musiciens. Elle mesura l'écart qui les séparait, et la chance qui lui avait été donnée de pouvoir s'appuyer sans relâche sur son proche entourage. Elle ressentit alors pour ses parents, pour ses frères et sœurs, pour tous ses amis, pour tout son environnement un profond élan du cœur. En même temps, elle ne put s'empêcher de penser à tous ceux qui n'avaient pas sa chance. Une nouvelle fois, elle prit la résolution de consacrer son énergie à restituer le mieux possible autour d'elle ce qu'elle avait reçu en abondance.

Clotilde marchait sur la bordure de pierre qui longeait le canal. Le ciel, désormais chargé de lourds nuages noirs, était devenu menaçant. En souriant intérieurement, elle se remémora l'orage de Conques dont lui avait parlé Joël : les cieux les rapprochaient, se dit-elle. De façon régulière, des éclairs impressionnants zébraient l'horizon. Un vent chaud s'intensifiait et commençait à secouer furieusement les feuilles des arbres. La jeune fille savait que l'orage allait s'abattre brutalement sur le parc du château, et qu'une pluie diluvienne ne manquerait pas de s'ensuivre. Pourtant, elle n'avait pas envie de revenir sur ses pas, de reprendre sa bicyclette à l'embarcadère, et de repartir précipitamment chez elle. Les nuages noirs qui s'amoncelaient au-dessus de sa tête, les éclairs de plus en plus nombreux qui déchiraient le ciel, le vent chaud et puissant chargé des odeurs de l'été : tout cela, Clotilde le buvait des yeux, le respirait à pleins poumons. Elle était enivrée par cette puissance et cette beauté qui la transportaient. Elle ressentait ce que Joël avait ressenti à Conques : leur même émerveillement de la splendeur de la Création les mettait en communion.

Les premières gouttes de pluie tombèrent sur ses cheveux. Le vent commençait à souffler en rafales. Les derniers promeneurs, rendus inquiets par l'ampleur de l'orage, couraient vers la sortie du parc, en criant des « dépêchez-vous, dépêchez-vous ! », pour se donner du courage. Clotilde avançait en sens inverse, fascinée par le déchaînement de la nature, et continuait tranquillement sa marche.

L'orage qui montait se prolongea en tornade. Le vent tourbillonnant balayait tout sur son passage. Le ciel fut zébré par un éclair éblouissant, immédiatement suivi par un coup de tonnerre d'une extrême violence. La pluie s'abattit brutalement sur Clotilde, qui, en quelques secondes, fut complètement trempée. La jeune fille se retourna vers le château, et constata que le parc était complètement vide. Une nouvelle déflagration éclatant au-dessus de sa tête, elle décida alors calmement de faire demi-tour et de récupérer sa bicyclette, qu'elle avait laissée au Bistrot de la Flottille. La pluie redoublait d'intensité, et rendait le château pratiquement invisible. La pluie se mélangeait à la chaleur, exhalant une odeur lourde qui enveloppait Clotilde.

La jeune fille murmura pour elle-même :

— Que j'aime ces parfums du château !

Elle vit soudain au loin une voiture de la sécurité du parc qui semblait se diriger vers elle. Le véhicule s'approcha puis, bloqué par un talus, s'arrêta à une centaine de mètres d'elle. C'est à ce moment qu'elle ressentit une violente douleur dans la nuque. Elle chancela, continua sa marche en trébuchant, entendit une voix d'homme crier :

— Ne bouge surtout pas, mon ange gardien, j'arrive !

Elle fit quelques pas en titubant, puis s'écroula, évanouie, dans l'herbe inondée par la pluie.

Lorsqu'elle reprit connaissance, elle était allongée, ruisselante d'eau, sur une banquette du Bistrot de la Flottille. Elle était entourée de plusieurs serveurs. Miguel lui tenait la main. Il lui expliqua la raison de son intervention. Lorsque la tornade s'était abattue sur le parc, il s'était posté à la fenêtre de sa petite casemate, guettant son passage. Ne la voyant pas, alors que les derniers promeneurs étaient passés en courant, il avait arrêté une voiture de la sécurité et avait demandé au conducteur s'il avait aperçu une jeune fille blonde se promenant le long du canal. Celui-ci avait levé les yeux au ciel, et avait dit qu'il avait vu au loin une femme inconsciente, continuant sa promenade comme si de rien n'était alors que la tempête se déchaînait.

Miguel avait crié :

— Mais cette jeune fille, c'est mon ange gardien !

Il avait immédiatement fait le tour de la voiture, s'était installé à côté du conducteur et lui avait demandé de rejoindre au plus vite le Grand Canal. Il avait aperçu la jeune fille, qui avait fait demi-tour. Il s'était approché d'elle le plus possible, était sorti du véhicule, l'avait appelée, et l'avait vue s'effondrer dans l'herbe. Il avait couru jusqu'à elle, l'avait portée jusqu'à la voiture, et s'était arrêté au Bistrot de la Flottille dans le but d'appeler une ambulance.

Clotilde avait repris ses esprits. Elle se redressa lentement et demanda à Miguel s'il avait joint une ambulance. Celui-ci lui répondit que le directeur de la Flottille allait téléphoner au SAMU. Clotilde lui demanda de ne pas le faire, parce qu'elle allait appeler ses parents pour qu'ils viennent la chercher.

Quelques minutes plus tard pénétrait dans le bar la famille de Clotilde au grand complet. Marie courut vers sa sœur, et, en l'embrassant affectueusement, lui dit d'une voix forte :

— Toujours en vie, la sœur ?

Voyant l'air consterné du personnel de la Flottille, elle ne put s'empêcher d'ajouter, d'une voix grave :

— À voir la couleur de ses joues, je pense qu'elle devrait vivre encore une heure.

Clotilde étouffa un rire douloureux, pendant que son père haussait les épaules, l'air découragé.

Le gardien du parc raconta en détail tout ce qui s'était passé. Les parents de Clotilde le remercièrent vivement pour son intervention, mais il répondit :

— Il ne faut pas me remercier. Pour une fois, c'est mon ange gardien qui avait besoin d'aide, et je l'ai donc aidé !

La mère de Clotilde, constatant que sa fille trempée commençait à trembler de froid, demanda à son mari de la ramener le plus rapidement possible à la maison. La jeune fille se leva avec difficulté, taraudée par une vive douleur dans la nuque, remercia et salua le personnel du bar. Soutenue par son père et Marie, elle rejoignit la voiture familiale.

La tempête s'était calmée aussi vite qu'elle s'était déchaînée. Il ne pleuvait plus, et la voiture se dirigeait lentement vers la sortie du parc. Clotilde avait ouvert sa fenêtre. Le parc était embrumé et baignait dans une sorte de nuage tiède et parfumé. La jeune fille ne put s'empêcher de respirer cet air à pleins poumons. Son père se tourna vers elle et lui demanda en quoi et pourquoi le gardien de la casemate la considérait comme son ange gardien. Marie intervint aussitôt :

— Pauvre bonhomme ! Avoir un ange gardien comme Clotilde, ça, c'est vraiment la poisse ! Je le plains.

Son père lui répliqua, excédé :

— Marie, tu es vraiment obligée de dire tout le temps des choses idiotes ?

Son épouse et les cinq enfants éclatèrent d'un rire si communicatif que le père ne put s'empêcher de rire, lui aussi.

23

Clotilde était entourée de tous les siens, dans la grande entrée de la maison familiale de la rue Sainte-Sophie. Le soleil perçait à nouveau le plafond de nuages noirs, éclairant le ciel d'un dégradé somptueux de couleurs variant à l'infini. La mère de Clotilde s'approcha de sa fille, passa sa main sur son dos trempé, et lui dit :

— Tu es complètement glacée, ma chérie, il faut que tu prennes un bain chaud tout de suite.

Clotilde lui répondit :

— Maman, je te promets d'y aller dans cinq minutes, mais je voudrais que nous allions dans le jardin pour admirer les couleurs du ciel.

C'est ainsi que toute la famille se retrouva dans le jardin fleuri, rafraîchi par la pluie diluvienne qui s'était abattue sur la ville et dégageant cette odeur de végétation qu'affectionnait tellement Clotilde. La jeune fille regarda successivement son père, sa mère, et chacun de ses frères et sœurs. Elle leva ensuite les yeux vers le ciel qui semblait être enflammé par le soleil couchant, et reprit à nouveau la parole :

— Quelle chance avons-nous, nous tous, de pouvoir nous retrouver dans notre petite forteresse familiale ! Lorsque je me suis évanouie tout à l'heure, j'ai pensé à vous en tombant dans l'herbe, car je savais que je pouvais compter sur vous.

Elle ferma les yeux, esquissa un sourire angélique, et murmura :

— Pour tant de bonheur, je rends grâce au Ciel.

Elle rouvrit les yeux, regarda à nouveau sa famille puis le ciel, et respira profondément la lourde odeur dégagée par les fleurs de son jardin. Le parfum qui s'en dégageait lui sembla soudain aussi puissant que celui du château, et la "petite forteresse familiale "lui apparut aussi belle, solide, durable que le château royal. Plus que jamais, Clotilde eut conscience que sa force personnelle et sa joie communicative prenaient racine dans ce havre de paix. Avoir tant reçu ! Elle se devait de rendre, de donner toujours plus.

S'appuyant sur sa mère, elle pénétra dans la maison, suivie par toute sa famille. Quelques minutes plus tard, elle se glissait dans son lit, en écoutant avec bonheur sa mère jouant au piano un nocturne de Chopin. Elle entendit des pas dans le couloir. La porte de sa chambre s'ouvrit, et Marie apparut :

— J'aime bien écouter maman jouer du piano, car elle, au moins, elle ne joue pas comme une quiche !

Les deux jeunes filles éclatèrent de rire et Marie repartit en claquant la porte. Une douleur extrême, mais passagère, traversa la nuque de Clotilde, qui eut l'impression de recevoir un coup de marteau sur la tête. Quelques secondes plus tard, la jeune fille glissait dans un sommeil profond, calme, serein : elle comptait reprendre le plus rapidement possible des forces et une énergie nouvelle, pour aller, peut-être, sur les chemins de Saint-Jacques.

24

L'église Sainte-Jeanne d'Arc se remplissait à vive allure. Il était presque 19 heures, et à chacune des portes se pressaient des groupes compacts de jeunes gens et jeunes filles qui, silencieusement et gravement, s'installaient dans l'église. Tous les moyens de communication modernes avaient rempli leur rôle d'information immédiate : « Veillée de prière pour Clotilde, ce soir, à Sainte-Jeanne d'Arc, à 19 h. »

Celle-ci s'était éteinte vers la fin de la nuit. Ne la voyant pas se lever, sa mère avait décidé de lui apporter son petit déjeuner dans sa chambre. Elle avait posé le plateau sur la table de travail de sa fille, puis était allée tirer les rideaux. La lumière de cette belle matinée d'été avait inondé la pièce.

Le visage de Clotilde était d'une pâleur extrême. Sa mère réalisa instantanément que sa fille l'avait quittée. Elle eut l'impression de recevoir un coup de poignard qui s'enfonçait jusqu'au fond de son cœur, et poussa un hurlement déchirant.

L'église de Sainte-Jeanne d'Arc était remplie. Les innombrables amis de Clotilde récitaient ensemble le chapelet. Au fond de l'église, prostré sur sa chaise, Joël ne cherchait pas à retenir les larmes qui ne cessaient de couler sur ses joues. Le matin même, il cheminait du côté de Cahors, et avait appris le drame en téléphonant par hasard à ses parents. Il avait réussi à prendre un train pour Paris, lui permettant d'assister à cette veillée de prière.

Il venait de perdre Clotilde, sa meilleure amie, celle par laquelle il avait découvert ce qu'était une merveilleuse amitié. Dans ce grand vide abyssal, inattendu, il était complètement désemparé.

Le gardien du parc était à quelques mètres de lui. Lorsque Joël était allé dans sa casemate, pour connaître la signification de l'expression « ange gardien », Miguel lui en avait raconté l'histoire.

Il connaissait la jeune fille depuis longtemps, puisque celle-ci passait régulièrement devant son petit bâtiment. Un jour, un jeune automobiliste hystérique voulut entrer en voiture dans le parc, alors qu'il n'avait pas d'argent pour acquitter son péage. Il était sorti de sa voiture et menaçait physiquement Miguel. Clotilde arrivait à ce moment précis, et comprit instantanément la situation : il fallait sortir le gardien de ce mauvais pas. Elle se souvint de ce que lui avait dit un jour son père : lorsque tu vois deux personnes, que tu ne connais pas, prêtes à en venir aux mains, tu t'interposes en faisant semblant de les connaître, ça les déstabilise complètement et ils arrêtent de se battre. Elle posa donc sa bicyclette, s'approcha du gardien avec résolution et le salua. Puis elle se colla contre l'automobiliste, lui tapota l'épaule et lui dit :

— Tiens, comment vas-tu ? Je suis hypercontente de te revoir ! Dis-donc, ça fait des années que l'on ne s'est pas vus : j'avais bien aimé notre conversation.

— Euh, oui, moi aussi, bredouilla l'automobiliste, incapable de savoir à qui il s'adressait, mais déjà conquis par le charme de Clotilde.

— Et si on prenait un verre au Trianon, juste là ? lui proposa-t-elle avec son plus charmant sourire. On pourrait reprendre notre conversation ! Tu fais demi-tour, et on se retrouve au parking de l'hôtel ! On va avoir plein de choses à se raconter, car ça fait si longtemps qu'on a perdu le contact ! D'ac ?

L'automobiliste obtempéra instantanément, fit demi-tour et s'engouffra dans les jardins de l'hôtel. La jeune fille tapa familièrement sur le bras du gardien en éclatant de rire, et commença à reprendre tranquillement sa marche vers le Grand Canal. Le gardien, comprenant enfin que la jeune fille était simplement venue à son secours, l'interpella de loin :

— Au fait, comment t'appelles-tu ? Je te vois souvent et je ne connais même pas ton nom... Comment t'appelles-tu ?

— Clotilde, avait-elle répondu en se retournant et en riant de plus belle.

— Clotilde, tu m'as sauvé, Clotilde, tu es mon sauveur, tu es… euh… tu es mon ange gardien ! Mais ton ami le monsieur, il t'attend, tu dois y aller, il t'attend, et tu dois lui dire plein de choses. Vas-y, sinon, tu seras… euh… tu seras… son ange lapin !

— Bon, en fait, je ne l'ai jamais vu, ce bon monsieur, mais j'ai pensé que ma proposition le calmerait. Je n'ai pas eu raison ? Elle est douée, la Clotilde, non ? Et puis, tout va bien : pour lui, je serai son ange lapin, et pour toi, ton ange gardien. Ça va comme ça !

— Non, ça va pas, c'est pas bien de donner des rendez-vous à des inconnus, Miguel n'est pas content du tout, c'est mal, mais tu seras pour toujours mon ange gardien !

Clotilde et le gardien avaient été pris d'un grand fou-rire. La jeune fille avait continué son chemin. Le gardien était retourné dans sa guérite en chantonnant, mais en espérant tout de même que l'automobiliste fou ne reviendrait pas le menacer encore, doublement furieux contre lui et contre son ange lapin.

Porté par la prière ardente de tous ces jeunes qu'il contemplait, une petite lumière s'alluma en Joël, éclairant son avenir de minute en minute. Il lui semblait que Clotilde lui parlait à l'oreille. Il repartirait demain sur les chemins de Saint-Jacques, rejoindrait ensuite son abbaye et tenterait de faire ce que la jeune fille avait fait avec un tel éclat tout au long de sa vie : rendre le mieux possible tout ce qu'il avait reçu. Car il avait beaucoup reçu.

25

Jacques Aubert, campé dans son grand fauteuil, avait négligemment posé les pieds sur son bureau Empire. Perdu dans ses pensées, il regardait par la fenêtre le parc majestueux qui s'offrait à sa vue. Le temps était magnifique, et il regrettait d'être obligé de travailler par un si beau dimanche d'été.

Sa secrétaire apparut soudain dans l'embrasure de la porte :

— Monsieur le ministre, je dois vous remettre en mains propres une lettre portée par un coursier, de la part de votre ami Olivier Marillac.

Jacques Aubert lui fit signe de s'approcher, prit le courrier avec un air distrait, le palpa et le posa négligemment sur son bureau.

— Merci, Gabrielle, dit-il d'un ton détaché.

— Tout l'immense plaisir de vous porter une lettre fut pour moi, répondit l'assistante en esquissant une petite révérence.

Le ministre sourit furtivement. Il appréciait l'impertinence permanente de sa collaboratrice, qui ajouta :

— Monsieur le ministre saura-t-il ouvrir tout seul la missive, ou faut-il que son assistante l'aide ?

Jacques Aubert n'eut pas le temps de répondre : sa secrétaire s'était aussitôt éclipsée. Il regarda l'enveloppe, la reprit et l'ouvrit machinalement. Que lui voulait donc Marillac, un dimanche, par un pli porté par coursier ? Le courrier était manuscrit, ce que ne faisait jamais son ami. Il se mit à lire le document :

« Mon cher Jacques,

Comme tu le sais sûrement, ma fille Clotilde vient de nous quitter. Depuis son accident, j'avais eu avec elle de longues conversations sur un sujet qui la tracassait au plus haut point : la déferlante pornographique. Elle estimait qu'il s'agit d'un tsunami qui détruit sur son passage toutes les valeurs sur lesquelles l'humanité s'est construite.

Sans entrer dans le détail du sujet, je voudrais t'en préciser quelques éléments qui portent à réfléchir :

- Pendant que tu liras ce courrier, plus du tiers

des consultations sur Google concerneront des sites pornographiques ; autre information : la probabilité qu'un enfant de 10 ans ait visionné au moins un film pornographique est de presque 100 %, et, pour un enfant de cet âge, la vision d'un tel film peut s'assimiler à un viol.

- La pornographie constitue un formidable marché, qui enrichit à vive allure ceux qui la conçoivent et la promeuvent. Pourtant, le Code pénal, qui condamne à de lourdes amendes et des peines de prison ceux qui agissent ainsi, n'est pas appliqué.

- Les conséquences du développement de la pornographie en France et dans le monde sont considérables. Pour les personnes : troubles physiques, mentaux, moraux ; développement de la prostitution et de la violence, de la drogue. Pour les sociétés : perte des repères fondamentaux liés à la sexualité.

Mon cher Jacques, ta position au sein du gouvernement te donne l'opportunité d'engager la lutte contre ce fléau. Le feras-tu en souvenir de Clotilde, pour laquelle tu as toujours eu, je crois, une grande affection ?

Crois en ma sincère amitié.

Olivier. »

Le ministre plia la lettre et la jeta négligemment sur son bureau. Le téléphone sonna :

— Monsieur le ministre, votre ami Éric Beaurepère souhaite vous parler d'un problème de TVA, annonça Gabrielle.

— Passez-le moi... Comment vas-tu, cher Éric ?

Son ami, président d'un grand groupe de luxe, commença à développer une argumentation technique sur un problème de TVA concernant les produits qu'il commercialisait. Le ministre se concentra quelques instants sur le sujet, puis ses yeux se posèrent sur la lettre de son ami Olivier, qu'il reprit et déplia soigneusement avec sa main libre. Il n'écoutait plus Éric Beaurepère, mais relisait attentivement la missive. Il interrompit brutalement son interlocuteur :

— Éric, je suis désolé, il faut que nous nous rappelions plus tard car j'ai un problème urgent à résoudre.

Il coupa la conversation, et appuya sur la sonnette d'appel de son assistante qui arriva dans l'instant :

— Pouvez-vous appeler le ministre de la Justice ? lui demanda-t-il.

— À cette heure, le ministre de la Justice fait une sieste qui va le conduire directement à demain matin, répondit l'assistante sans sourciller.

— Gabrielle, je vous en prie, c'est urgent.

Le ton suppliant du ministre était inhabituel. La secrétaire regarda fixement son patron et retourna dans son bureau. Quelques minutes plus tard, Jacques Aubert était en communication avec son collègue de la Justice. Sans même le saluer, il lui posa directement la question suivante :

— Henri, pourquoi n'applique-t-on pas le Code pénal en ce qui concerne la répression de la pornographie ?

Le ministre de la Justice toussota et répondit évasivement : l'époque actuelle est laxiste, le Code pénal est décalé, les juges refusent de l'appliquer, la liberté prime. Il proposa d'organiser une réunion sur un sujet que l'on ne pouvait traiter à la va-vite, en quelques minutes, au téléphone. Jacques Aubert lui demanda instamment de l'organiser dans les meilleurs délais, et lui fit savoir qu'il serait personnellement présent, compte tenu de la gravité de la situation. Il raccrocha sèchement, et appela sa secrétaire :

— Gabrielle, pouvez-vous joindre tout de suite Olivier Marillac, et lui demander si nous pouvons nous retrouver dans une heure à la Lanterne, pour discuter du sujet de sa lettre. J'aurais besoin qu'il réunisse le maximum de documentation, et qu'il me la remette en mains propres tout à l'heure. S'il donne son accord pour cette rencontre, merci de me préparer une voiture, et prévenez le chauffeur que je souhaite traverser le parc du château de Versailles en passant par le port des barques. Je m'y arrêterai d'ailleurs quelques instants.

Gabrielle salua militairement de façon impeccable, claqua des talons et prononça un sonore :

— À vos ordres !

Le ministre la regarda sans sourire. Gabrielle comprit que le sujet évoqué par Olivier Marillac était infiniment plus important qu'un quelconque problème de TVA. Elle s'approcha doucement du bureau, prit un air grave et ajouta :

— Je crois que le dossier que vous allez traiter est très important, même si je ne sais de quoi il s'agit. Quel qu'il soit, vous pouvez compter sur mon aide la plus totale dans cette affaire.

Le ministre la regarda, cette fois en souriant :

— Oui, Gabrielle, nous allons ouvrir un dossier d'une importance extrême, et nous ne serons pas trop de deux pour le faire avancer, car la lutte sera terrible, soyez-en sûre. Comme dans d'autres circonstances, je sais pouvoir compter sur vous. D'avance, je vous remercie pour votre aide et pour votre soutien : ils seront ô combien nécessaires !

— Quel titre allons-nous donner à ce dossier ? demanda l'assistante.

— Clotilde, naturellement, répondit gravement le ministre.

ÉPILOGUE

La famille Marillac avait pris la décision d'organiser dans l'église Sainte-Jeanne-d'Arc une messe anniversaire de la mort de Clotilde. Famille et amis étaient au rendez-vous : l'église était comble. Dans les premiers rangs, le ministre du Budget et son assistante. Vers le fond de l'église, Joël Ferray, entouré par sa famille.

Au cours de son sermon*, le prêtre évoqua longuement Clotilde, et prononça des paroles très fortes :

— Elle a vécu ce que disait la jeune Simone Weil :

“Si, par l'attention et le désir, nous transportons une partie de notre mal sur une chose parfaitement pure, elle ne peut pas être souillée ; elle reste pure ; elle ne nous renvoie pas ce mal ; ainsi nous sommes délivrés.”

Quelques instants plus tard, il ajouta :

— Ô, mes chers amis, chers adolescents et

adultes, faites bien attention à toutes les mauvaises images véhiculées par internet, tenez-vous à distance car elles pourrissent l'âme. C'est le prêtre et le confesseur qui vous parle. Rappelez-vous ce que disait saint Paul aux Philippiens, et ce sera l'ultime témoignage de Clotilde pour vous et pour vos enfants :

Tout ce qu'il y a de vrai, de noble, de juste, de pur, d'aimable, d'honorable, tout ce qu'il peut y avoir de bon dans la vertu et la louange humaine, voilà ce qui doit faire l'objet de vos pensées. »

À la fin du sermon, un silence total s'ensuivit. Puis l'orgue et la chorale entamèrent un chant, repris par toute l'assemblée :

« *Jérusalem, Jérusalem, quitte ta robe de tristesse...* »

Le rayonnement de Clotilde prit, ce soir-là, une ampleur exceptionnelle. Conforté par la présence de ses parents, de son frère et de sa sœur, Joël, les yeux fermés, méditait en paix, en communion avec la jeune fille, qui n'avait jamais été aussi proche de lui.

* *Le sermon ci-dessus fut réellement prononcé en l'église Sainte-Jeanne d'Arc, en septembre 2015, au cours d'une messe anniversaire.*

Maquette couverture : Corinne Binois
Crédits photographiques : © Kesu01 (Depositphotos) -
© Ronald Kotinsky (Fotolia) - © Jultud (Fotolia)

Achevé d'imprimer par Isiprint en février 2017
15 rue Francis de Pressensé
93210 La Plaine Saint-Denis

Dépôt légal : janvier 2017
Imprimé en France
ISBN : 978-2-918677-38-3